O JULGAMENTO DE ZÉ DOCA

O JULGAMENTO DE ZÉ DOCA

JAIRO LIMA

VOLUME 2

SÉRIE DESVENTURAS DE ZÉ DOCA

Diretor Editorial Gustavo Abreu
Diretor Administrativo Júnior Gaudereto
Diretor Financeiro Cláudio Macedo
Logística Lucas Abreu
Comunicação e Marketing Carol Pires
Assistente Editorial Matteos Moreno e Maria Eduarda Paixão
Assistente de Edição Ana Isabel Vaz
Designer Editorial Gustavo Zeferino e Luís Otávio Ferreira

Dados Internacionais de Catalogação na Publicação (CIP)
Bibliotecária Juliana da Silva Mauro - CRB6/3684

L732j Lima, Jairo
O julgamento de Zé Doca / Jairo Lima. - Belo Horizonte : Letramento, 2024.
202 p. ; 23 cm. - (Temporada)

ISBN 978-65-5932-342-5

1. Literatura brasileira. 3. Desventuras. 2. Romance 3. Ficção. 4. Cômico. 5. Literatura contemporânea. I. Título. II. Série.

CDU: 82-31(81)
CDD: 869.93

Índices para catálogo sistemático:
1. Ficção - Romances 82-31(81)
2. Literatura brasileira - Romance 869.93

LETRAMENTO EDITORA E LIVRARIA
CAIXA POSTAL 3242 / CEP 30.130-972
av. Antônio Abrahão Caram / n. 430
sl. 301 / b. São José / BH-MG
CEP: 30275-000 / TEL. 31 3327-5771

A Deus, por tudo.

A meus pais, irmãos e demais familiares,
por seus ensinamentos sempre precisos.
À Jacklynne, por toda a paciência durante a produção.
Aos alunos e amigos, por todo o apoio de sempre.

Águas Nordestinas

O Nordeste que tanto implora
as águas da primavera
tem águas que o mundo adora
e terra que a chuva espera
de um lado a seca devora
do outro a beleza impera.

Guibson Medeiros

PARTE I

PRÓLOGO

O sol espalhava seus primeiros raios de forma implacável na pequena cidade de Aqui-Perto. A primeira manhã do mês de junho indicava, teoricamente, o início oficial do mais rigoroso verão que se tem notícia por milhares de quilômetros. Na prática, a estação parecia durar o ano inteiro, e, a exceção das poucas vezes em que resolvia tirar uma folga, reinava absoluta.

Fazia muito calor, o que era absurdamente normal. Não havia nuvens sobrevoando o céu, o que também era normal. Nenhuma corrente de ar era sentida, o que era invariavelmente normal. Um urubu podia ser visto, um pouco ao sul, tentando desovar sua libido em um jumento de carga, o que não era muito comum.

O calor de junho era, de fato, insuportável até mesmo para os nativos mais experientes. Algumas tribos que habitavam as imediações da cidade, como os Papa-pombo-nu-reto desenvolveram vários rituais que visavam melhorar a temperatura. O mais recente consistia em amarrar um integrante da tribo, de cabeça para baixo, em uma árvore e balança-lo até que algum sinal do céu indicasse chuva. Como isso nunca acontecia, o desafortunado acabava morrendo e servindo de alimento para os demais.

Realmente uma estação muito quente.

E não era só a temperatura em si. Havia na verdade uma relação inversamente proporcional entre a alta temperatura e a imperceptível umidade do ar, tornando a sensação térmica indescritivelmente desagradável. Era bastante comum que ocorressem queimadas nas matas secas, alcançando, às vezes, casas de palhas ou pau-a-pique, o que era um problema muito grave, vez que não existiam bombeiros na cidade, e nem poderia, dada a escassez de água.

Ainda assim havia um bucolismo atraente na pequena cidade de Aqui-perto, capaz de envolver o mais exigente olhar crítico em uma aquarela bastante singular. O marrom preguiçoso que cortava o horizonte, as pequenas árvores secas que contavam ricas histórias.

O silêncio matinal só era interrompido pelo canto dos pardais que entupiam as ruas. Era tudo de uma serenidade agradabilíssima, capaz de apaziguar o mais eufórico coração. Os habitantes, embora bastante arcaicos, conviviam pacificamente, salvo raríssimas exceções, elevando o espírito comunitário, o que contribuiu significativamente para que Aqui-Perto ostentasse uma das maiores expectativas de vida em todo o Estado. Afora isso, a cidade também foi agraciada na última edição do Livro dos Recordes com o prêmio de maior concentração de pessoas incrivelmente desinteressantes por metro quadrado, embora nenhum aquipertense comente sobre o assunto. O catolicismo tornou-se, desde a fundação da cidade, a prática mais difundida, acumulando cada vez mais fiéis. A igreja católica, na verdade, reinava absoluta, e, aproveitando-se da torpeza dos populares, impôs seu dogmatismo de forma feroz, difundindo práticas antigas, erradicadas ainda na idade média, como a venda de terrenos no céu para os seus seguidores. A igreja, contudo, fora ameaçada pelo surgimento de terreiros de macumba, que acabaram agradando parte da população, não tanto pelos rituais, notadamente mais animados, mas, sobretudo pela prática de sacrificar animais, que posteriormente eram digeridos pelos curiosos famintos. O departamento de marketing da igreja, preocupado com a redução do número de fiéis, acabou desenvolvendo várias campanhas publicitárias no intuito de recuperar seus adeptos. A mais eficiente era a que previa que cada fiel que se convertesse poderia escolher, dentre as freiras, uma conselheira espiritual. A unanimidade entre os homens era Suerlania, uma quarentona de sorriso manhoso e corpo escultural.

Devido à distância que guardava da capital, a precariedade das estradas e, principalmente, ao posicionamento geográfico, Aqui-Perto não conseguia acompanhar, na mesma medida, os avanços do restante do estado, que já não eram lá grande coisa. Nada afetava a sua essência bucólica.

Naquelas primeiras horas do início de verão, a maioria dos cidadãos aquipertenses ainda cochilavam algum bom sono, totalmente despreocupados. Eram poucos os que já vagavam pelas ruas. Entre estes, contudo, estavam dois homens fardados, responsáveis pela segurança pública local. Tomaram o rumo leste devidamente acomodados em jumentos de patrulha. À frente da expedição estava o delegado Tião Cintura, um amarelo enrugado de meia altura com mais de vinte anos de serviços prestados à corporação. Suas mãos rudes e seu bigode que caia pelos cantos da boca transmitiam a grandeza de sua autoridade e da sua soberba, sendo esta consideravelmente maior. Era um homem de poucas palavras. Suas medidas acentuadas forçavam o uniforme, de modo que o asno sobre o qual estava assentado respirava ofegante. O delegado estava acompanhado pelo seu subalterno, o cabo Amarante, um sujeito mesquinho e bastante tagarela. Amarante ingressou nos quadros da polícia há quatro anos no batalhão de Logo-em-Seguida, de onde pediu transferência há pouco mais de ano e meio. Alegou que possuía familiares que precisavam de seu auxílio em Aqui-Perto, mas a verdade é que já não tinha mais para quem contar suas histórias e se viu forçado a procurar por novos amigos em outros lugares. Amarante era um sujeito esquelético e de pele escura que sempre encontrava uma maneira de ocupar a boca, ora comendo ou bebendo ou, na maior parte do tempo, falando. Mas, naquele instante, Amarante estava mudo, o que atesta que realmente algo estranho havia acontecido.

A julgar pelo semblante melancólico dos dois, aquele, definitivamente, não era um dia normal de trabalho. E de fato não era mesmo. Até porque em dias normais de trabalho, na verdade, não havia nenhum trabalho e eles acabavam por passar horas seguidas jogando baralho e fumando.

Mas aquele não era um dia normal de trabalho, e isso ficou bem claro quando eles aterrissaram em frente a um casebre de barro e palha que resistia solitário na beira da estrada.

- É aqui! – disse o policial, conferindo um papel que segurava com as mãos.

- Tem certeza?

- Sim!

- Então vamo.

Os dois aproximaram-se do casebre, e se puseram em frente à porta.

- Toc! Toc!.

Nada aconteceu.

- Toc! Toc! Toc!

Novamente nada.

- Toc! Toc! Toc! Toc! Toc! Toc! Toc! Toc! Toc! Toc! Toc! Toc!

De repente a porta se abriu. Surgiu um semblante desengonçado de um rapaz maltrapilho. O jovem coçou a cabeça repetidamente. Os olhos lutavam para abrir-se por completo, mas não parecia uma tarefa simples àquela hora.

- Zé Doca? – indagou o delegado.

Nenhuma resposta.

- Zé Doca? – insistiu, elevando o tom de voz.

- Ixi, que a gente num pode mais nem dormí em paz, sô. – disse o rapaz, ainda desacordado.

- Tu é o Zé Doca?

- Sim, sou eu.

- Você tá preso pelo assassinato do Senhor Arnaldo Antunes Bavariano.

CAPÍTULO 1

Alguns cidadãos já se espremiam pelas ruas de Aqui-Perto, sempre à procura de uma sombra que pudesse lhes tranquilizar o juízo. Aliás, dada a escassez de árvores, era muito difícil de encontrar uma boa sombra pela cidade, de modo que, se algum comerciante tivesse ideia de vender guarda-sóis em Aqui-Perto, certamente estaria muito rico. Mas a ideia seria considerada revolucionária para a região e em Aqui-Perto não existiam pessoas com ideias revolucionárias. Na verdade, as pessoas eram de um comodismo sem precedentes, preferindo arrastarem-se preguiçosamente até o fim das suas vidas.

Era sempre a mesma rotina.

A praça comumente dita central, embora seja a única da cidade, por exemplo, é invadida pelos mesmos indivíduos e costumes praticamente todos os dias, como um cálculo matemático de cinco casas decimais de precisão. As mesmas pessoas ocupavam os mesmos lugares nos mesmos horários. Como os dois velhinhos que sentavam-se sempre no último banco e conversam enquanto enrolavam o primeiro tabaco do dia. Ou a senhora que pedia esmola sempre para as mesmas pessoas, identificando-as pelo nome. Até mesmo o jornaleiro vendia sempre as mesmas notícias.

Sempre a mesma rotina.

A bem da verdade, aquela monotonia que contaminava a quase todos não parecia, nem de longe, incomodar. Tanto que certa vez um cidadão aquipertense que tinha o estranho hábito de fumar e esvaziar a fumaça pela orelha sempre às sete da noite percebeu, em um momento puramente introspectivo, que a vida era curta demais para se perder em marasmos e decidiu levantar-se para protestar. Contudo, ao chegar no lugar que julgou sensato para o protesto, viu que estava escurecendo e resolveu voltar para não perder a hora de seu ritual sagrado.

De fato, se houvesse alguém que tivesse profundo desagrado por aquela triste e enfadonha rotina, era, estranhamente, o Prefeito da cidade.

Chico Perniz, um quarentão encorpado, de pele e penteado esquisito era uma personalidade, no mínimo, excêntrica. Sob o slogan de "Chico Perniz, o prefeito que o povo quis", disputou sua primeira campanha, sagrando-se vitorioso por unanimidade. Isso porque, com o apoio que recebera do Senhor Arnaldo Antunes Bavariano, não houve quem quisesse fazer-lhe oposição. Ainda assim, sem nenhum adversário direto, Chico Perniz fez a campanha política mais cara da história de Aqui-Perto. Promoveu grandes jantares e confraternizações, sempre regados a um bom vinho importado e animados por bandas da capital. Inundou a cidade com panfletos e folhetins no qual descrevia, preguiçosamente, suas metas de governo. Patrocinou todos os campeonatos locais, destinando grande parte da verba para as brigas de galo além de gastar outros milhares com gel de cabelo para uso próprio. Tudo financiado pelo velho Bavariano que, claro, após a confirmação da eleição passou a cobrar periodicamente o principal com uma farta quantia de juros embutido, ao que se sabia. No fim das contas, não pareceu boa ideia tomar dinheiro do senhor Antunes, se considerar as leis usurárias em vigor.

Apesar de tudo, Chico Perniz se mostrou um gestor público muito polido e interessado em trabalhar pelo seu povo. Logo nos primeiros meses várias obras importantes foram realizadas, como a construção de um chafariz, que, tempos depois foi desativado e acabou se tornando um local ermo, frequentado apenas por usuários de drogas, ou ainda, a inauguração de um poste na praça central, com direito a música ao vivo e bebida liberada até a meia noite. Embora tivesse costumes burlescos, mantinha uma política conversadora, o que causava forte preocupação nos demais membros do P3.

O P3 era um grupo formado pelos três municípios mais pobres do estado, sendo estes, invariavelmente, Aqui-Perto, Logo-Em-Seguida e Daqui-Não-Passa, não necessariamente nessa ordem. Os liberais de Logo-Em-Seguida e Daqui-Não-Passa apresentavam projetos audaciosos, que só poderiam ser executados a custas de altos impostos, além de parcerias com empresas privadas. Chico Perniz rejeitava. O último grande projeto rejeitado por ele tratava sobre a construção de uma ferrovia que ligaria o sul do estado até a capital, e serviria para transportar toda a produção de milho e soja que abasteceria o estado inteiro. A decisão acirrou os ânimos, e os outros dois membros pediram o afastamento imediato de Chico Perniz das atividades do grupo, o que foi negado pelo governador, que o tinha como seu protegido político. O projeto era fortemente defendido por Damásio Guedes, prefeito de Logo-em-Seguida, e Assunção Boaventura, chefe do executivo municipal de Daqui-não-Passa. Alinhavam o projeto como de extrema necessidade ao progresso da região e arrancaram apoio populares já que, aliado a obra, havia a promessa de geração de muitos empregos.

Logo que a notícia se espalhou pela cidade a popularidade do prefeito caiu, rápida e sorrateiramente, como uma chuva de janeiro. As críticas eram cada vez mais frequentes e os reacionários ameaçavam um golpe político.

Para acalmar os ânimos, e para atender à solicitação de grande parte da população de Aqui-Perto, o prefeito, em parceria com o Governador do Estado, viabilizou a construção da maior obra de toda a história da cidade: O prédio do Fórum de Aqui-Perto.

O Fórum de Aqui-Perto era uma reivindicação antiga dos moradores, já cansados de terem que viajar até a capital sempre que fosse necessário resolver um litígio. A construção da casa da justiça seria a ferramenta perfeita para uma guinada na carreira política de Chico Perniz, pois, mesmo que a cidade fosse extremamente pacata, dizia que "um grande prefeito não é aquele que dá somente o que a população precisa, mas sim o que é capaz de prever o futuro e preparava seu povo para ele".

Um ano após o lançamento da pedra filosofal o prédio foi inaugurado, sob um fervoroso discurso do prefeito, que falava, entre outras coisas, em trabalho, compromisso e, claro, reeleição.

- Povo de Aqui-Perto – dizia o prefeito -, é com a alma acalentada e nadando de braçada em uma piscina de suco de melancia que anuncio a estrambólica inauguração da nossa casa da justiça, cumprindo a promessa de campanha. É bom se lembrar que a obra só não esteve pronta antes devido a grande recessão que desgraçadamente assolou nossa nação nos últimos meses. O que importa, é que agora, temos o nosso fórum. Nossos pares poderão resolver suas demandas por aqui mesmo, sem necessidade de exportação. E aqueles que descumprirem a lei, serão, por seus pares e ímpares, punidos. – concluiu, tomando nota do seu penteado que se fixava bem graças a ação de um poderoso produto químico.

O povo aplaudia calorosamente. Os reacionários perdiam força e Chico Perniz retomava a popularidade.

De fato, uma obra faraônica, dado os parcos recursos públicos.

Ocorre que o munícipio sempre foi de um todo pacato e os poucos imbróglios que havia era sempre sobre terras ou alguma confusão entre vizinhos, que, no máximo, eram solucionados ainda na delegacia. Nada chegava até o conhecimento do judiciário local. Isso porque o povo aquipertense, assim como outro piauiense qualquer, não tinha o costume de acionar a justiça para resolver seus conflitos. Isso ficou claro quando o Censo concluiu, em seu último relatório, que os magistrados piauienses são os que menos trabalham em todo o país. Também concluiu que cada juiz possuía em média 2 Mitsubishi Pajero e tentavam suicidar-se 14,5 vezes por ano, embora os juízes tenham discordado da taxa de suicídio, por acreditaram que o número estava muito aquém da realidade.

Assim, o tempo foi passando e a grande obra servia apenas como repouso para urubus e algumas pessoas que papeavam diariamente sob a sombra da entrada.

A situação incomodou alguns populares, sendo tema sempre presente nas discussões de mesas de bar. Os oposicionistas, liderados por Mafuá Bandeira, grande comerciante da região, aproveitaram da situação para noticiar com fervor a construção do Fórum como o maior desvio de verba pública da história de Aqui-Perto.

Já contavam mais de dois anos desde a inauguração da obra. O prédio fora entregue em dias. Os servidores foram contratados e empossados. Tudo funcionava perfeitamente. Entretanto, não havia nenhum caso a ser julgado.

Não havia ações judiciais. Não havia trabalho. Nada acontecia dentro daquele Fórum e embora aquilo não fosse um problema da prefeitura, era, a contento, um problema do prefeito. Ironicamente, a grande obra de seu governo seria o seu próprio decreto de aposentadoria política, tornando sua reeleição praticamente impensável. Mafuá Bandeira era o nome aclamado pelos insatisfeitos com atual gestão, e lançou-se candidato às eleições municipais que se aproximavam, sob a sigla do Partido Esquerdista Bipolar Aquipertense, o PEBA. Era um homem de ideais bem definidos e boa leitura e talvez por isso tenha precisado usar óculos ainda jovem.

O momento era de muita tensão.

Chico Perniz, sentado em seu gabinete, apenas mantinha os olhares fixos no horizonte. Suas mãos estavam trêmulas e deslizavam por toda a extensão da mesa, amassando alguns papéis. As pernas balbuciavam algo desorganizado. O homem demonstrava nítidos sinais de preocupação. Pela primeira vez a pacificidade da sua cidade lhe incomodava. Nenhum caso para inaugurar, de fato, a sua grande obra. As estatísticas, neste ponto, não lhe eram favoráveis. Nenhuma discussão, briga ou confusão que houvesse necessidade de intervenção do Judiciário fora registrado nos últimos anos. Nenhum assassinato. Aliás, já contavam cinco anos desde o último homicídio ocorrido na cidade.

Até aquele dia.

O Telefone do gabinete do prefeito tocou pontualmente as sete.

Chico Perniz rapidamente se recompôs e, ao primeiro bip, atendeu ao telefone. Do outro lado, o Delegado Tião parecia bastante eufórico.

- Prefeito?

- Pois não, delegado!

- Nós prendemo o homem que matou o Sr. Antunes. Finalmente teremos um julgamento.

O prefeito sorriu discretamente e conferiu o penteado, antes de desligar o telefone.

CAPÍTULO 2

A notícia da morte do Sr. Antunes se espalhou rapidamente pela cidade de Aqui-Perto. A população estava em perplexa com aquele episódio. Um dos homens mais ricos e influentes da região havia sido brutalmente assassinato. Muitos relutaram em acreditar. Queriam apurar por conta própria e logo uma multidão formou-se em frente à delegacia buscando alguma informação sobre o ocorrido. A delegacia funcionava em um prédio rústico de aproximadamente duzentos metros quadrados. A estrutura era totalmente desorganizada de modo que se algum engenheiro houvesse atestado aquela obra, certamente teria seu registro cassado junto ao conselho competente. Mas um simples olhar despretensioso deixava claro que aquele prédio não fora projetado por um engenheiro. As paredes riscadas e a pintura meio pálida não deixava muito claro tratar-se de uma delegacia de polícia, a não ser com um bom esforço do observador. Cabo Amarante guarnecia a única entrada que dava acesso ao recinto evitando que os curiosos avançassem.

- O Assassino tá lá dentro! Traga esse fí duma égua pra cá. Pena de morte para ele – incitou um dos presentes.

- É, isso aí – gritaram outros

- Pois eu achei foi justo, aquele velho bem que tava merecendo morrer mesmo...

- Calma gente, ele é só um suspeito, oxi – reclamou outro.

- Que suspeito que nada. Foi ele mesmo. Assassino.

De repente a reunião transformou-se em balburdia. Os mais enérgicos trocaram empurrões, além de socos e pontapés. Uma senhora aparentemente pacífica resolveu tomar partido e arremessou seu chinelo de madeira maciça em uma criança, que, percebendo que seu ferimento na face sangrava, desmaiou instantaneamente.

Cabo Amarante parecia se divertir com toda aquela algazarra. Isso até uma garrafa de vidro raspar-lhe o ser, se estilhaçando próxima a porta, momento em que sacou sua arma.

- Bang. – fez o disparo.

O barulho estridente provocado pela arma enferrujada de Amarante assustou os conflitantes, fazendo cessar o embaraço.

- Pó parar com esse chafurdo, pó parar, pó. Ordem nesse regaço, oxi.

Todos silenciaram.

Naquele instante, a porta por trás de Amarante fora aberta, fazendo surgir o semblante do Delegado.

- Que diacho tá acontecendo aqui, cabo?

- Nada não, chefe, é só esse povo amostrado que tá tudo querendo saber do caso.

- Isso mesmo, delegado, a gente só quer que sua autoridade esclarece o ocorrido. O povo tá tudo assustado.

- Pois num tem motivo pra se assustá não, ora. Nós já prendemo o suspeito e o resto agora é com a justiça.

- Quem é o suspeito, dotô?

- Isso, quem é? – indagaram os curiosos.

- O Suspeito é um rapaz conhecido pela alcunha de Zé Doca.

- Zé Doca?

- Sim.

Fez- se um silêncio.

Embora Aqui-Perto fosse uma cidade geograficamente minúscula e de baixíssima densidade demográfica, e ainda que seus habitantes vivessem como em uma comunidade rural, traçando fortes relações interpessoais, a existência de Zé Doca era pouco notada. Isso, em grande parte, por mérito exclusivo dele, vez que era muito tímido, o que provocou um profundo isolamento, sobretudo após os episódios envolvendo o casamento de Maria Clara. Inversamente proporcional a sua timidez era a autoestima do rapaz, que alcançava níveis tão insignificantes que só poderia ser percebida sob a ótica de um microscópio de última geração. E foi um dia que, depois de ingerir várias doses de xoxota de vaca, e tanto meditar sobre o seu ser, Zé Doca decidiu que sua existência era na verdade um erro de cálculo de Deus, que deveria estar muito ocupado fazendo outras coisas, e condenou-se como um verdadeiro desastre. E retirou-se para seu lar, tropeçando em tudo que fosse matéria inanimada.

Zé Doca concorria, de fato, ao prêmio de cidadão menos ilustre de Aqui-Perto, e, fatalmente, iria sagrar-se campeão, caso houvesse esta competição. E mesmo depois de ter sido o grande responsável pela descoberta da fraude no casamento de Maria Clara, assegurando a manutenção das posses dos Bavarianos, ainda assim, o rapaz se amargava um depressivo anonimato.

- E quem diacho é Zé Doca?

- É o neto de Dona Rita. Zé Doca de Rita, sô. – respondeu uma senhora.

Em Aqui-Perto, é comum que as pessoas, especialmente os mais jovens e os solteiros, sejam identificados através do nome da genitora, isso quando o sobrenome da família não seja de grande importância, como é o caso de Zé Doca.

- Ah, sei quem é. Valei-me, e foi aquele caba safado que matou o Seu Antunes?

- Ele é o suspeito.

- Então o dotô num tem certeza?

- Se eu tivesse certeza ele não seria "suspeito" né? As evidência aponta pra ele. Ainda vamo concluir os procedimento investigatório e depois a justiça é quem vai decidir. Fazer o que? É a lei.

- Que justiça que nada. Que lei que nada, traz ele aqui pra gente quebrar ele. – gritou um jovem, furioso.

- Ocê num ouviu o delegado não? A polícia ainda tá apurando. A gente não pode se precipitar.

- Eu vou precipitar é minha mão em tua cara, seu baitola. Fica ai defendendo bandido.

- Assassino! – gritaram alguns.

A algazarra tomou o ambiente mais uma vez. A multidão estava descontrolada e as agressões ganhavam corpo. Garrafas e sapatos eram lançados com bastante vigor. O cabo Amarante tentou conter os mais eufóricos mas acabou envolvido pela multidão.

- Bang Bang Bang.

Todos calaram-se.

- Parem com essa baderna aqui em minha delegacia. – gritou o delegado.

Todos os presentes tremiam, obedientes.

- Eu vou entrar e fazer meu trabalho e se eu ainda ouvir algum barulho lá de dentro garanto a vocês que os próximos tiros não serão pro alto não, ouviram?

- S-Sim, sinhô de-delegado! – responderam.

- Ótimo. – disse, retornando ao interior da delegacia.

- Pumf! – fez a porta.

O interior da delegacia era de um todo deteriorado. As paredes mal rebocadas contavam com uma leve mão de tinta que parecia ter sido jogada descuidadamente. A estrutura ameaçava ruim a qualquer momento. O prédio possuía três repartições, todas visivelmente desalinhadas. A primeira funcionava a recepção. O balcão de madeira nativa, extremamente desgastado, parecia respirar com a ajuda de aparelhos. Algumas cadeiras espalhavam-se pelo local. Sob o chão, era possível notar desde papéis manchados até carteiras de cigarros amassadas. Um pouco a frente, a arteira central exibia o gabinete do delegado. Era uma sala ampla, de formato retangular e bastante arejada. Parte do espaço era ocupado por uma extensa mesa, estrategicamente colocada ao centro, repleta de papéis e carimbos, além de algumas cadeiras avermelhadas, tudo devidamente organizado. No geral o ambiente mantinha um bom aspecto, embora fosse possível notar a presença de alguns fungos e cupins, além de teias de aranha por toda parte. Isso porque, grande parte do tempo o gabinete se mantinha fechado. Quase não recebe visitas. Nem mesmo do delegado, que costuma cumprir o expediente em sua própria residência, comparecendo na delegacia somente para jogar partidas de dominó, que são disputadas na recepção, com o cabo Amarante e outros apostadores, tudo regado a doses de vinho, cachaça e cigarro, em excesso. Por último, ao fim do corredor, era possível notar a cela onde ficavam os presos. Um cubículo de pouco mais de duas metragens e contornos suntuosamente assombrosos. O ambiente era de um todo rústico, semelhante aos cenários de filmes de horror hollywoodiano. Um tom escurecido dominava o local, não deixando dúvidas de que aquele não era um bom lugar para estar. O telhado, cheio de falhas, permitia a entrada do sol, que atingia sobremaneira o encarcerado. As grades, embora enferrujadas, se mantinham firmes, ao menos aparentemente. No interior da cela não havia nada além de um buraco cavado no chão, onde era possível, com muito esforço, aliviar as necessidades fisiológicas. Mas naquele instante o que menos preocupava Zé Doca eram suas necessidades fisiológicas. O rapaz estava totalmente perplexo. Milhões de pensamentos sobrevoaram seu cérebro atribulado em instantes, e, quando pensou em relaxar, outros milhões de pensamentos se apresentaram. Um expressivo acréscimo na palidez de seu semblante era tranquilamente notado. Seus olhos fixados em lugar nenhum foram tomados por um terrível rebate. Zé Doca não esboçou nenhuma reação a prisão. Não por contentamento, mas é que ao ouvir o comando de prisão dado, seu corpo entrou em estado de profundo apagão. As ideias lhe matutavam a mente, mas seu cérebro, atrofiado e limitado pelo desuso ao longo do tempo, não conseguia coordenar o tronco e membros. Claramente os neurônios de Zé Doca não estavam preparados para algo tão impactante.

O delegado aproximou-se, de modo barulhento. Trazia consigo um papel rabiscado onde lia e relia alguns garranchos.

- Manoel Alberôncio Leomar Miranda Clementino Furtado Oliveira da Silva Pereira, é esse seu nome, rapaz?

Zé Doca não esboçou qualquer reação.

Parecia-lhe que todo o céu havia se rompido, e em seu lugar restou apenas uma completa escuridão.

Parecia-lhe que os átomos do seu cérebro esvoaçavam aos poucos, num evidente suicídio coletivo.

Parecia-lhe que além da escuridão, não existia mais nada e que, se aquele era o sentido da vida, então não faria nenhum sentido viver, e concluiu, em um raciocínio questionável, que o sentido da vida talvez fosse a própria morte, sendo esta então uma espécie de troféu que, portanto, premiava somente os melhores. A morte seria então, a emissão de um atestado de superioridade, de superação e, acima de tudo, um gesto de bondade, e isso explicaria, por exemplo, o fato de que qualquer pessoa que venha a falecer, independente dos atos que tenha praticado em vida, seja imediatamente santificada.

Alheio a toda essa reflexão que Zé Doca traçava em seu âmago, estava o Delegado Tião, que, entre outras milhares de coisas as quais lhe irritava profundamente, não tolerava, a rigor, ser ignorado.

- Tô falando contigo, rapaz, tá surdo? – perguntou ele, batendo na grade com o cassetete.

Novamente nenhuma resposta.

- Diga alguma coisa, moleque insolente.

Nada.

O Delegado arremessou o cassetete por entre as grades, com uma destreza que não deixava dúvidas de ele praticava aquilo com frequência. O objeto atingiu Zé Doca com força suficiente para organizar-lhe os neurônios, fazendo com que seu cérebro percebesse os sinais enviados pelo nociceptor instantaneamente.

- Aiiii! – gritou Zé Doca, retomando a consciência.

- Ah, então você fala.

- O quê? Diabo foi isso, sô?

- Olhe os modos, rapaz.

- Desculpa, dotô.

- Preciso que ocê responda umas perguntinha básica. É pro relatório, nada demais, procedimento padrão, entendeu?

- S-Sim.

- Pois bem, vamos lá. Deixa eu ver... – disse ele, observando o papel que segurava. – Humn... aqui. Manoel Alberôncio Leomar...

- Miranda Clementino Furtado Oliveira da Silva Pereira – completou Zé Doca.

- Muito bem. É esse seu nome completo?

- Sim.

- E a alcunha?

- A quem?

- Alcunha.

- Num conheço não.

- Tô perguntado seu apelido.

- Ah, é Zé Doca.

- Já foi preso, Zé Doca?

- Não, sinhô.

- Tem passagem pela delegacia?

- Tenho sim, sô, passo por aqui sempre que saio de casa pra mó de ir no centro resolver alguma coisa, pra cortar caminho, né?

- Quero saber se você já foi acusado de alguma coisa aqui na delegacia.

- Ah, isso não, sinhô.

- Tem certeza?

- Aham.

- Absoluta?

- Arre, oxi. Xô perguntar uma coisa, sô delegado.

- Pergunte.

- O sinhô tem quantos anos de polícia?

- Vinte e quatro.

- Sempre trabalhou aqui na cidade, né?

- Sim.

- Já me prendeu alguma vez ou me trouxe pra delegacia por alguma confusão que eu tenha me envolvido?

- Humn... Não. – respondeu, depois de pensar um pouco.

- Então o sinhô sabe tanto quanto eu que não tenho passagem por aqui, oxi.

O delegado rangeu os dentes.

- Eita caboco, mas tu é desaforado. Mas um desacato desse e eu lhe encho o cú de bala, viu?

- Não é desacato não, dotô, é só a realidade.

- Pois enfia essa realidade no boga, caba safado.

Zé Doca ameaçou responder, mas conseguiu conter-se a tempo.

- O relatório tá feito. Irei entregar ao juiz pra ele decidir o que fazer com você.

- Como assim?

- Ora, você está preso e agora será processado pelo homicídio do Sr. Antunes Bavariano?

- Sr. Antunes? Ele morreu? Ah, agora me lembro que o dotô falou algo assim quando me trouxe pra cá. Valei-me minha nossa senhora das disgraça eterna – espantou-se Zé Doca.

- Deixe de gracinha. Não há como negar o crime. Temos provas suficientes para sua condenação, caba safado.

- Deus do céu? E a família dele, como tá? Ma-Maria Cla-Clara já sabe da morte de seu pai? Eu quero ir lá...

- Você não vai a lugar algum. E agradeça por tá preso e não morto pois lá fora tem um monte de gente querendo lhe linchar e fazer tuas tripas de isca pra pegar piaba.

- Sô delegado, mas eu não fiz nada. Ocê tem que me soltar, por favor.

- Pare de choramingar, seja homem. Isso não vai adiantar de nada. Estou de saída, não tenho mais nada pra tratar contigo.

- Espera dotô, não me deixa aqui.

- Blá-blá-blá – ironizou o delegado.

- Onde eu vou dormir?

- Aí no chão, oras.

- Tô me sentindo mal, preciso de um médico.

- Tu tem dinheiro pra pagar um?

- Tenho não, sinhô.

- Então morre, ué.

- Mas e a comida? Tô com fome e com sede.

- Diacho, tu pensa q isso aqui é um hotel?

- Mas eu preciso comer e beber, sô dotô.

- Então torça pra algum conhecido seu trazer algo, porque aqui vagabundo não tem regalia não. – disse o delegado, batendo em retirada.

- Espere, por favor. – esperneou, Zé Doca.

O Delegado fingiu não ouvir, e seguiu tranquilamente, aplicando palmadas carinhosas em sua barriga.

CAPÍTULO 3

Alguns quilômetros ao norte de Aqui-Perto havia uma fazenda.

Na verdade havia dezenas de fazendas, mas nenhuma tão estonteantemente bela quanto aquela.

O terreno, embora não chegasse a competir, em área total, com as posses dos Bavarianos, era infinitamente superior no quesito organização e planejamento.

O solo escorria pelo horizonte em altitude regular e, por algum incrível e inexplicável absurdo topográfico, era preenchido por diversas zonas em depressão que formavam pequenos riachos, alguns em cascata. Uma paisagem confortante, embora estivessem todos secos, naquele período.

No vão de entrada, ao lado do imenso portão de madeira europeia, havia uma placa onde era possível ler alguma transcrição em latim, isso se você souber ler em latim, claro. O portão seguia por uma estrada de terra batida, acompanhada de uma vegetação baixa, e embora houvesse alguns cactos rodeando, a paisagem conseguia, com muito trabalho e grande investimento em poços tubulares e canais de irrigação, manter-se atraente. Um pouco a frente, a estrada ganhava um braço para a direita e uma outra placa indicava, agora em língua pátria, a chegada a residência. O ingresso se dava por um jardim geometricamente circular. E esse jardim era tão inacreditavelmente gigante que fazia a própria residência parecer um pequeno ponto à deriva. O espaço era preenchido uniformemente por orquídeas, que não deixavam dúvidas quanto ao gosto do proprietário. Ao centro repousava a mansão. Era uma imensa casa de madeira construída sobre uma elevação de pouco mais de um metro. Uma luxuosa escada de quinze degraus, todos devidamente numerados em algarismos romanos, dava acesso as dependências. A casa possuía um andar, além do térreo. Os dois compartimentos abrigavam trinta cômodos, sendo que a maior parte ficava no piso inferior. Na verdade vinte e oito cômodos, entre eles salas, cozinha, banheiros, bibliotecas e quartos, eram distribuídos pelo térreo, enquanto somente dois ocupavam o primeiro andar. Lá em cima havia um imenso quarto e, ao lado, uma varanda, igualmente imensa, transformada em área de lazer. Havia

um ser simiesco na varanda, prostrado de modo temerário. Era o juiz Claustro Luis Barbacena, um gaúcho de hábitos excêntricos e, por vezes, totalmente antiquados. Era responsável pela direção do fórum local, o que não exigia lá grande esforço.. Vestia uma pijama quadriculado em azul burguês, que embora em número grande, deixava a mostra a protuberância em seu bojo. O sujeito pesava uns trinta quilos além da sua altura, o que, aliado as frequentes dores no joelho esquerdo, dificultava a locomoção de modo que, depois que ele subia as escadas, somente alguma coisa extraordinariamente interessante poderia fazê-lo descê-las de novo no mesmo dia. O cabelo grisalho conservava um bom corte. O óculos encaixava harmonicamente no rosto e exigia maior grau na lente esquerda. As mãos carnudas estavam ocupadas, uma com um pincel elegante e a outra com meio frasco de tinta. Tinha temperamento heterônimo, contudo, geralmente esbanjava carisma, a não ser que você fosse um criminoso, suspeito ou amigo de algum suspeito. O Juiz Barbacena tolerava o crime, acima como não tolera produtos à base de lactobacilos. Naquele instante estava parado diante de uma tela de quase dois metros. O Juiz tinha gosto pela pintura. Era seu único hobby, e dedicava-se muito a ele, já que, como juiz de direito de Aqui-Perto, creditava muito tempo livre para fazer o que quisesse. Possui especial apreço pela arte contemporânea e após anos de dedicação ao movimento, decidiu criar seu próprio estilo, que resolveu chamar de Movimento Pós-Contemporâneo Modernista Neológico Estrutural Sertanejo. Seu recente trabalho ainda estava em fase inicial de execução, de modo que não era possível distinguir fielmente aquele emaranhado de traços e borrões, mas, ao que parecia em uma análise superficial do esboço, dizia respeito a algo como uma mulher bastante peluda e um menino urinando sobre a cabeça de um cachorro na beira da estrada.

O Juiz Barbacena estava tão ocupado em seu novo projeto que não percebeu quando Cleidevânia, uma jovem de corpo aprumado e pele rija, empregada da mansão, se aproximou.

- Licença, dotô.

Sem resposta, a empregada aproximou-se mais, mantendo uma distância de onde era possível lhe sussurrar no ouvido, mas, ao contrário, ela preferiu elevar o tom.

- Licença, dotô. . – bradou ela, tocando o ombro do chefe.

O Juiz Barbacena estremeceu e avançou em direção ao quadro, derrubando junto com a tinta que trazia à mão.

- Bah, que susto, tchê. Sabe avisar não? Veja que desastre tu causastes, cruzes. – disse ele.

- Disculpa, sinhô, é que o delegado está aqui. Ele disse que é assunto de urgência urgentíssima.

- Humpf. Pois bem, mande-o subir.

- Pois não. Dotô delegado, pode subir – gritou ela.

- Eita, deixe de escândalo, guria, tenha modos.

- Disculpa – disse, batendo em retirada logo após o delegado atravessar completamente as escadas.

- Dotô Claustro Luís Barbacena.

- Delegado Tião Cintura. Quanto tempo, meu amigo – disse ele. Os dois se abraçaram cordialmente. – Novidades?

- Sim. Capturamo o meliante. Aqui está o relatório – falou o delegado, entregando o papel ao juiz. – Cabe a sua excelência decidir o destino dele agora.

- Ótimo trabalho, delegado.

CAPÍTULO 4

Poucas horas depois do trágico episódio que acabara por fulminar a vida do Sr. Antunes, as imediações da delegacia de polícia de Aqui-Perto lembrava uma zona de guerra. Praticamente toda a população ocupou o entorno. A maioria buscava informações, outros apenas seguiam os que buscavam informações por julgarem convenientes e alguns outros se envolveram acreditando ingenuamente que aquele aglomerado deveria estar relacionado a alguma distribuição de prêmios ou comida grátis e, ao descobrirem que não havia nenhuma distribuição, ficaram furiosos e decidiram tumultuar ainda mais o ambiente. Uma linha imaginária dividia os presentes em dois grupos bem definidos. De um lado estavam os militantes e apoiadores da base governista, enaltecendo o prefeito e a segurança local, tida por estes como extremamente eficiente e ágil. Do outro, estavam os reacionários, liderados por Mafuá Bandeira, que aproveitou a oportunidade para cutucar o governo local com um discurso eloquente.

- Meus amigos, foi-se o tempo que podíamos desfilar tranquilamente pelas ruas de nossa querida Aqui-Perto, ou dormir tranquilamente com as portas e janelas abertas, aliviando o calor. Hoje, qualquer um que faça isso terá seu patrimônio usurpado por uma corja de ladrões que nunca são presos, embora as vezes sejam identificados. Pior que isso, agora nossa cidade presencia o cometimento de um crime hediondo, um atentado contra a vida de um de seus mais importantes filhos. – brandou ele, de cima de uma cadeira arranjada por seus correligionários.

- Isso aê! Muito bem Mafuá – gritavam os simpatizantes.

- Cala a boca! Viado! Vai dá teu rabicol pra um cavalo. – retrucavam os demais.

- A morte do Sr. Antunes, - continuou ele, sem perder a pose. - de maneira brutal e asquerosa não destrói apenas a família Bavariano, mas toda uma comunidade, que vive a mercê da violência e da criminalidade.

- É isso ai meu futuro governante. Homem do povo.

- Baitola.

- Enquanto isso, a prefeitura não faz nada, ou, pior do que isso, corta o repasse do município para a delegacia, deixando nossos bravos policiais desarmados e despreparados para o combate ao crime.

Os simpatizantes do prefeito avançaram, furiosos. Àquela altura ninguém lembrava do assassinato do Sr. Antunes, tampouco da prisão de Zé Doca. Todos se voltaram para a política. Cabo Amarante tentava evitar o confronto. A troca de xingamentos ganhava força, os ânimos se acirravam, mas nada disso era suficiente para impedir que Mafuá Bandeira fosse adiante. Na verdade, a eminente colisão parecia excitá-lo.

- Nós não pudemos nos calar diante do descaso com a coisa pública. Devemos eleger representante que trabalhem em prol da população. É por isso, meus amigos, que coloco meu nome à disposição para mudarmos essa realidade nas eleições que se aproximam. Com o voto de vocês irei fazer nossa cidade um modelo de gestão eficiente e democrática, sempre pensando no bem estar e segurança de todos.

-É isso ai! – gritava a multidão efervescida.

- Tu vai lá fazer nada, seu cafuçu desmiolado.

De repente um silêncio acobertou o ambiente. Surgiu ao norte um semblante deveras conhecido.

- Chico Perniz?

- Em carne e osso. – disse, aproximando-se de seu clã. – Você devia era ter vergonha de promover esta balburdia, seu esmolambado comunista.

- Isso ai meu prefeito! Dá nele. – gritaram.

- Vergonha de falar a verdade?

- Vergonha de proliferar tanta mentira, subvertendo a ordem. Você sabe que a prefeitura anda muito bem.

- A prefeitura não anda, senhor prefeito. A prefeitura estagnou. Está parada feito água de açude.

- Os recursos estão sendo muito bem distribuídos. A população colhe os frutos cotidianamente e respira aliviada em meu governo.

- A população respira é desgosto, insatisfação. E como se não bastasse os problemas estruturais básicos, agora essa onda de violência. Em Aqui-Perto tem até assassinato agora. Quem imaginaria isso?

- Uma tragédia.

- Que poderia ser evitada.

- Tragédia é tragédia, não há como se evitar. Agora se alguém morre a culpa é da prefeitura? Ninguém aqui sentiu a perda do Sr. Antunes como eu. Um homem honrado e amigo especial a quem tenho grande admiração. – falou o prefeito, soluçando um pouco. – Graças ao belo trabalho da polícia, em parceria com a prefeitura municipal – continuou, agora em tom heroico, voltando-se a todos os presentes. – o responsável por este terrível crime foi capturado e agora irá pagar pelo que fez. Nós iremos apurar tudo, inclusive se há algum envolvimento da oposição inescrupulosa, o que não está descartado.

- É isso ai, sô prefeito.

- Esse caba é bom, rapaz, esse caba é bom, pense num caba bom, rapaz, esse caba é bom demais. Armaria. – comentou um espectador mais empolgado.

- O povo está cansado de suas promessas, prefeito. O povo quer é alguém que lute ao lado deles, empunhando também a espada, e não usando-lhes como escudo.

- Muito bem, Bandeira.

- Deixe de rodeios metafóricos seu comunista insolente. Eu trabalho dia e noite em prol desta cidade e do meu povo.

- E arranca cada centavo dos miseráveis que aqui habitam. – retrucou Mafuá Bandeira. – e o que você faz com todo dinheiro que arrecada, as custas do suor e sangue desse povo trabalhador?

- Obras e serviços para a municipalidade.

- Obras? Está se referindo a construção do superfaturado prédio do Fórum da cidade? Aquele mesmo que está entregue às moscas e condenado ao esquecimento.

- A construção do Fórum foi uma obra pedida a muito tempo pelo povo aquipertense e somente eu tive a audácia de torna-lo realidade.

- Sim, e agora será finalmente inaugurado, bem próximo da eleição. Muito conveniente, prefeito.

- Não lhe devo satisfações. O meu trabalho não escolhe data, seu comunista.

- Como não? Sou cidadão aquipertense, e como todos os outros, exijo transparência na gestão da coisa pública.

- O que está sugerindo, seu abutre desmiolado?

- Nada, apenas aproveite seus últimos meses na prefeitura, pois nestas eleições, e pelo voto democrático e consciente do povo aquipertense eu terei o enorme prazer de tomar seu cargo e retomar nossa cidade aos eixos.

- Você deveria era tá na cadeia, seu comunista desregulado, ou, pelo menos no manicômio.

- É isso ai meu prefeito.

- Cala a boca, carniça. Isso é um bandido fino. – retrucaram os opositores.

Enquanto isso, Zé Doca embora pudesse ouvir claramente de sua cela alguns trechos dos discursos travados na parte externa, permanecia alheio aos acontecimentos, traçando os olhos no horizonte. Não lhe passava pela cabeça a idéia de que ele, que sempre viveu desapercebidamente, sem causar nenhum embaraço social, fosse capaz de despertar a atenção de toda a população. Concentrou-se nos fatos que lhe foram apresentados pelo delegado, incrédulo. Seu corpo ainda trêmulo repousava sobre a parede da cela. Cabo Amarante cortou o corredor e aproximou-se em passos disléxicos.

- Zé Doca?

- Hã? – respondeu ele, recuperando-se.

- Ocê tem visita.

- Visita? Pra mim?

- Claro que é pra ti, sua anta? Tem mais alguém preso aqui?

- Arre, oxi, tem não, sinhô.

- Pois bem, vou mandar ele entrar. E se comporte que só tô deixando acontecer essa visita porque ele insistiu muito.

- Ele?

- Sim, um macho véi aí.

- Ah tá.

- Vou mandar entrar.

- Agradeço, sô Polícia.

- Entre.

Um semblante cortou o corredor se aproximando da cela. Zé Doca reconheceu instantaneamente ambos e um júbilo se instalara.

- Itamar?

Zé Doca, meu amigo. Bom demais te ver, homi. – disse Petrusco, aproximando-se lentamente até os limites impostos pelas grades.

- Que surpresa da gota de boa rapá. – devolveu Zé Doca.

- Deixem de mimimi, se avexe ai. Aqui é proibido visitas fora de hora. Se o delegado voltar e ver vocês ele vai ficar muito espritado.

- Pode deixar, cabo Amarante. – respondeu Petrusco.

Amarante se retirou em disparada, retornando ao pátio para mais uma vez interceder no iminente conflito. Do lado de fora os ânimos dispararam após a passagem de Petrusco. Ao revés, na parte interna, após algum diálogo superficial, um silencio piedoso zombou do ambiente. Ninguém se arriscava a falar nada, talvez porque ninguém soubesse por onde começar ou o que dizer. O silêncio indulgente acompanhou as mãos de Itamar, que tocavam os ombros magricelas de Zé Doca, se misturando penosamente. Itamar deixou escapar um soluço.

- Como tu foi se meter nisso, Zé? – arriscou Petrusco, titubeando um pouco.

- Nem eu sei, nem eu sei. – respondeu, cabisbaixo. – O certo é que tô sendo acusado de uma coisa que não fiz. Tu acredita em mim né?

- Claro, homi. Eu conheço teu bom coração, incapaz de fazer mal a uma mosca. A gente sabe que não foi tu, mas a polícia não quer dar nenhuma informação. Se preocupe não que eu vou descobrir quem fez isso e por que, assim a gente consegue te tirar daqui o mais rápido possível, meu amigo. – afirmou Petrusco, levando a mão ao ombro magricela de Zé Doca.

- Brigado sô.

- Num precisa de agradecer não. Amigo é pra acudir outro mesmo, ora.

- Mas o que me deixa encabulado aqui é a preocupação com minha vozinha. Ela tá tão mal de saúde. Como que ela vai se virar sem mim? Itamar, pela amizade que tu tem por mim, promete que vai cuidar dela enquanto eu tiver aqui, homi?

Itamar Petrusco deixou escapar outro soluço, mais histérico que o anterior. Desviou o olhar de Zé Doca e fixou no solo.

- Itamar?

Outro soluço.

- Petrusco?

- Hã?

- Promete, por favor.

- É... sabe o que é, Zé. É que... É.

- É o que, homi?

- É que...

- É que o quê? Arre, oxi. Responde, tu tá me preocupando.

- É que num tem como eu prometer isso ai não, homi.

- Oxi, e por que não? Num entendi foi nada.

- É porquê... humn... – falou Petrusco, recuando um pouco, bastante trêmulo.

- Diga logo, homi. Tu tá me deixando nervoso.

- Tua vó passou mal assim que soube do ocorrido todo. Ela teve um infarto.

- Valha minha Nossa Sinhora. Num acredito – disse Zé Doca, conservando um semblante totalmente arrasado – E como ela tá? Desimbucha, homi.

- Ela morreu!

Aquelas palavras cortaram os tímpanos de Zé Doca com a ferocidade de um bisturi novo manobrado por um médico experiente, e envenenaram seu ser. Uma náusea se instalou abruptamente, levando Zé Doca a cair de joelhos. Estava incrédulo. Parecia que o universo conspirava novamente contra sua existência pífia. Como se não bastasse ter sido preso por ter supostamente assassinado um dos homens mais poderosos da cidade, ainda teria que lidar, simultaneamente, com a perda da pessoa pela qual mais tinha apreço. Levantou um choro fino, cortando o ar penosamente. Aquilo era demais para qualquer pessoa, ainda mais para um atribulado como Zé Doca.

Itamar Petrusco sentiu-se impotente. Ensaiou por horas a maneira como daria a notícia a seu amigo, mas, no final, percebeu que não tinha uma boa maneira de contar aquilo, e que, na verdade deveria improvisar. Se sentiu impotente porque não conseguiu consolar Zé Doca, embora quisesse. Se sentiu impotente porque não conseguiu sequer ter a hombridade de encarar os olhos de Zé Doca, enquanto lhe empurrava o fardo. Se sentiu impotente também porque lembrou que na noite anterior não conseguiu ter uma ereção com uma senhora com quem tinha saído, e esse era, em meio a toda turbulência, na verdade, o pensamento mais recorrente em sua cabeça.

Cabo Amarante entrou novamente na sala, em ritmo de maratona.

- A visita acabou. Se apresse aí que o delegado está chegando.

Itamar Petrusco virou-se, obedecendo as ordens do policial. Não conseguiu despedir-se do amigo. Seria prudente que não o procurasse mais pois se meter naquele caso poderia ser perigoso. O melhor a se fazer realmente era deixar pra lá, afinal de contas a polícia deve ter suporte probatório suficiente para condenar o desafortunado. Só um otimista desmedido poderia acreditar que conseguiria interceder a favor de Zé Doca, mas a vida deste não admite otimistas desmedidos. É possível que daqui por diante a história do pobretão azarado só vá piorar. De todas as pessoas no mundo com vidas deploráveis — e existe um bom número delas —, o jovem Zé Doca é um forte concorrente ao prêmio, visto que passou por mais situações abomináveis do que qualquer pessoa que você conheça, admita. O início da desgraça confunde-se com seu próprio nascimento, como já se sabe, e parece piorar ao longo do tempo.

A trajetória do pobretão não é indicativa de que um revés favorável poderia ocorrer. Seria melhor deixar pra lá, mas Itamar Petrusco não conseguiria.

Zé Doca apenas chorava, copiosamente. As lágrimas escorriam em poça. Os gritos cortaram o horizonte para além das fronteiras. O céu pareceu compactuar com o sofrimento do rapaz e pintou uma cor mais escura que o de costume, como se estivesse em luto. Estrelas foram atingidas de forma pungente, vindo a óbito.

Nada que, para Zé Doca, não pudesse piorar.

CAPÍTULO 5

Diferente dos grandes centros urbanos, onde o ritual da morte é higiênico, frio e, principalmente, mecanizado, com suas capelas mortuárias confortáveis e seus ritos modernos memoráveis, a morte e sua parafernália numa pequena cidade do interior como Aqui-Perto é totalmente paradoxal. Velório se transforma em festa popular. Os convidados da família acabam convidando outros, que convidam outros, num ciclo vicioso. Desse modo, a quantidade de convites recebidos para velórios acaba não sendo, em Aqui-Perto, um parâmetro confiável para indicação de grau de amizade, ou, tampouco, de importância de determinado sujeito, pois, no fim, todos eram, de algum modo, convidados. Muito embora existisse todo o cerimonialismo do cortejo fúnebre, lá pelas tantas da noite, quando as famílias de bem se retiravam e só permaneciam os veloristas contumazes, a algazarra tinha início. Quando o relógio anunciava a meia-noite, começavam a servir vinho e cachaça seca, além de tira-gostos. Os mais agitados arrancavam as roupas e praticavam atos obscenos, sem qualquer pudor. Outros destruíam os móveis, além de toda a casa. Uma certa vez conta-se que chegaram a roubar o caixão de um defunto, que teve que ser enterrado em uma vala em sua própria fazenda. Nos velórios mais distantes, era também comum que os convidados se alojassem até a missa de sétimo dia, comendo e bebendo gratuitamente.

Mas ao que tudo indicava, aquele seria um cortejo diferente do convencional em Aqui-Perto, dada a influência da família dos Bavarianos e o modo como se perpetrou o óbito.

Já eram marcados mais de três quartos do dia quando os convidados e curiosos começaram a tomar assento na fazenda dos Bavarianos. Alguns fumantes tomaram o pátio, passeando por um lado e outro da varanda, contudo, ninguém arriscava um diálogo. Petrônio e Potrínio faziam a recepção, na porta de entrada, sem nenhuma cordialidade. Na sala de jantar dezenas de cadeiras foram colocadas desordenadamente, a maioria ocupada por parentes e amigos próximos. Os mais curiosos faziam fila para vislumbrar o caixão. Dona Isaura sentou-se próxima ao corpo do filho, recebendo as condolências de todos. Seu semblante

estava devastado. Dona Isaura tinha feito questão que o velório fosse realizado em casa. Queria até que o corpo ficasse no quarto, repousando sobre a cama, mas acabou por concordar com os argumentos contrários. Ela não entendia como aquilo tudo aconteceu ou o motivo de terem ceifado a vida de seu querido filho. Queria que fosse um sonho, ou melhor, um pesadelo, mas o caixão estava ali para lhe dizer que não era. Odelina, a empregada da fazenda, tentava a todo custo consolar Dona Isaura, mas acabava misturando seu choro ao dela. Seu Antunes, apesar de fundamentalista e, por vezes, bastante ríspido, colecionou alguns poucos admiradores, em vida. E não há como negar que, com sua fortuna, contribuiu para o crescimento político do município fundado por seu pai. Dedicou quase toda a sua vida a Aqui-Perto. Ganhou o temor dos populares, a reverência dos familiares e amigos, além do respeito dos seus empregados, pois embora os tratasse com rigor excessivo nunca atrasou um salário sequer. E naquele instante essa era uma questão bastante controversa para eles, vez que não se sabia quem iria administrar a fazenda e todo o patrimônio dos Bavarianos. Não que existissem muitas opções. Na verdade, a dúvida recaia, obviamente, entre Dona Isaura, já bastante debilitada pela idade, e Maria Clara, jovem, mas sem experiência no campo. Talvez o testamento dissesse algo a respeito, mas, naquele instante, Dona Isaura não quis tratar deste assunto.

Nem de nenhum outro assunto.

A velha apenas chorava. Não era daquele choro agudo, ruidoso, mas sim um choro da alma, frio, tímido, mas bastante penoso.

Sobre o vestido coquetel preto, repousava um exemplar da bíblia sagrada, marcada no livro de João, capítulo onze. A mão esquerda segurava, sem muito esforço, um terço que ela ganhou de presente de seu filho, mas nunca tinha usado. Guardava para uma ocasião especial e, ironicamente, aquela pareceu-lhe conveniente.

O silêncio foi brevemente interrompido por um barulho vindo do pátio. O barulho foi provocado por uma caminhonete que se aproximava a toda velocidade. O veículo freou próximo à porta de entrada, envolvendo a varanda em uma névoa tão densa que acabou apagando o cigarro de todos os fumantes que desfilavam por ali.

- Cof-Cof

- Fela da puta! Mim sujô todin, arre égua, nam, armaria. – disse baixinho um dos fumantes.

As portas dianteiras da caminhonete foram abertas simultaneamente. O motorista deu três passos e encostou-se à lateral do veículo, cruzando os braços. Do assento do passageiro surgiu o semblante de Maria Clara Bavariano, que foi prontamente reconhecida por todos, assim que a poeira diminuiu, claro. A moça vestia um traje elegante em azul turquesa, pouco usado nessas ocasiões. Na verdade, assim que soube da notícia da morte de seu pai, Maria Clara simplesmente convocou o motorista e seguiu viagem para Aqui-Perto. Saber se o vestido era adequado ou não para a visita de modo algum lhe ocupou o pensamento. Mas nem a elegância e a beleza natural de Maria Clara conseguiram ocultar o desespero com que ela se apresentou. Seu âmago estava completamente destruído de modo que externava feições deploráveis. Seu olhar, antes penetrante, tinha perdido em muito o seu brilho.

A moça desceu do banco e seguiu acelerada em direção a porta, ignorando a todos. Petrônio e Potrínio ainda esboçaram um sorriso de meia boca, mas logo perceberam que a ocasião não pedia sorrisos e se recompuseram.

Maria Clara atravessou a porta causando um barulho considerável. Todos a observaram. Ela passeou a vista pelo ambiente que conhecia rigorosamente bem e identificou o caixão. Passou alguns segundos paralisada, observando o objeto de madeira polida. Um amontoado de ideias disléxicas lhe consumiram o íntimo. Notou a cadeira posicionada próxima ao caixão e, em seguida, notou que sua avó a ocupava. As duas se entreolharam cuidadosamente. Fazia meses desde a última visita de Maria Clara à fazenda da família, mas, naquele instante, não havia espaço para a saudade, para os papos de família. A sofreguidão reinava absoluta envolvendo completamente ambas. Maria Clara enxugou os olhos marejados e tremulou a boca, correndo em direção a Dona Isaura.

Um abraço angustiante foi sentido.

E ninguém, absolutamente ninguém, arriscou-se a dizer alguma palavra.

Quando o silêncio já havia remodelado o ambiente surgiu pela porta o prefeito Chico Perniz, em passos vistosos. Atravessou a sala, acompanhado de dois assessores, cumprimentando todos os presentes em apertos de mão firmes. Fitou o caixão por uns instantes, fazendo um sinal de lamentação, antes de virar-se para Dona Isaura.

- Dona Isaura! Maria Clara. Meus sinceros pesares à vocês. A dor que vocês sentem nesse momento é também a minha dor. – disse ele, abraçando ambas.

- Obrigado, prefeito. Você é um amigo querido pela família. – disse Dona Isaura.

- O-obri-ga-gado, prefe-feito. – gaguejou Maria Clara, aos prantos.

Depois de soltar-se do abraço comovente de Maria Clara e Dona Isaura, Chico Perniz caminhou para a lateral do caixão. Continuou a trocar sinais de lamentação, enquanto desabotoava o terno. Passou um tempo cabisbaixo, totalmente introspectivo. Todos observavam atentamente a figura do prefeito. Seu semblante visivelmente perturbado demonstrava, em verdade, o sentimento que nutria pelo Sr. Antunes, arrancando a compaixão dos demais. Aos poucos, ele foi erguendo a cabeça e com a mão direita, deu alguns tapinhas leves no caixão.

- Meus amigos – disse ele, levando a outra mão aos olhos, como se adivinhando lágrimas. – Hoje é, de fato, o dia mais triste da história de Aqui-Perto. O seu cidadão mais ilustre, mais brilhante e mais honrado acaba de ter sua vida ceifada de uma maneira abismalmente feroz. Hoje, nossa cidade fica órfã do seu mais importante e notável filho. Um baque, não só para os Bavarianos, mas para toda a coletividade. – prosseguiu, enquanto alguns dos presentes apenas acenavam a cabeça, concordando com as palavras ditas. – Nesse momento de profundo pesar, quero noticiar a todos, que, graças ao trabalho esplendificado e desenvolvido por esta prefeitura, juntamente com a força policial, o responsável por este crime barbaramente cruel já foi preso e, muito brevemente, será julgado e inexoravelmente condenado pela mais severa pena da lei, pois aqui em nossa cidade, o crime é punido exemplarmente. Esse é o compromisso do nosso governo.

- Compromisso com o roubo, isso sim. – resmungou baixinho um dos convidados, que parecia não concordar com o discurso do prefeito.

- Quero também tranquiliza-los e dizer que nossa cidade continua sendo deverasmente pacifica e de que o nosso compromisso com a segurança da nossa cidade continua. Que a população conte conosco, pois a prefeitura não medirá esforços para fazer sempre o melhor para nossa cidade. – disse ele, emocionado.

Dona Isaura e Maria Clara permaneciam cabisbaixo. Chico Perniz se empolgou e alongou o discurso, falando, principalmente, sobre os feitos da prefeitura em seu governo. O público pareceu perder o interesse, e, aos poucos, foram formando conversas de ponta de esquina.

- Prefeito, o velório, volte a falar do velório. – advertiu-lhe um dos seus assessores.

- Ah sim, o velório. – disse ele, retomando a consciência. – Pois bem – prosseguiu, elevando o tom de voz – Eu poderia passar horas falando do magnifico Sr. Antunes.

- Não... – esperneou baixinho um dos convidados.

- Mas não farei isso, para não correr o risco de ser considerado nefastamente prolixo.

- Ufa...

- O certo é que Aqui-Perto perdeu hoje um de seus expoentes, o filho do memorável fundador da cidade, um homem que deixa a vida corpórea para entrar diretamente nos livros de história. Um homem que deu a vida pelo progresso da nossa municipalidade. Quero apenas deixar meu sincero pesar a família dos Bavarianos e dizer que podem contar comigo e com toda a nossa equipe para os dias turbulentos que virão.

- Obrigado, prefeito. – retrucou Dona Isaura.

- A prefeitura declara luto oficial de três dias. Oremos, senhores. – convocou o prefeito.

- O que diacho é um luto oficial ein? Diacho é isso? – perguntou um curioso.

- Eita, mas tu é burro viu? Ô caba burro – disse outro.

- E tu sabe o que é?

- Claro que sei. Todo mundo sabe, só tu num sabe. Ô cabra burro, viu. Arre.

- Pois diz, homi.

- É quando o caba morri, ai fica todo coisado, num tem? Aquelas coisa, toda coisada, num dá pra explicar sem um papel pra eu desenhar não, oxi.

Todos se levantaram e começaram a dar as mãos, formando uma imensa roda que envolvia o caixão do Sr. Antunes. O prefeito puxou o canto, acompanhado de seus assessores. Maria Clara tentou acompanhar, mas as lágrimas não lhe permitiram.

Quilômetros dali acontecia também o velório de Dona Rita. Não era exatamente um velório. Não havia cerimônia fúnebre, nem convidados, tampouco um caixão para alojar o corpo. Dona Rita estava deitada, de bruços, sobre a mesa da sala de necropsia do hospital. Aguardava algum parente ou conhecido identificar o corpo, ou reclamá-lo.

Ninguém apareceu.

O velório do Sr. Arnaldo Antunes Bavariano seguiu a toda pompa, com as homenagens e discursos emocionados dos amigos e familiares, além da leitura do testamento, que dividia todo o império conquistado pelo velho entre sua mãe e sua filha, como era esperado. Pela manhã, o cortejo fúnebre foi seguido de uma oração organizada pelo padre da igreja local e todos se despediram em aplausos. Seu Antunes agora descansava no alto de uma montanha que cortava suas terras, conforme seu pedido final.

Dona Rita, de outra sorte, fora enterrada como indigente, sem testemunhas.

Na delegacia, Zé Doca ainda não havia se recuperado quando o delegado Tião se aproximou indelicadamente. Aquele era, à mingua de todos os impropérios que já aconteceram na desonrosa vida do jovem, o dia mais triste de toda a sua patife existência. Não havia nada em seu ser, além da total desolação. Não conseguiu pregar os olhos, pois não sentiu sono. Não conseguiu beber, pois não tinha sede. Também não conseguiu comer, porque, enfim, não havia comida.

- Zé Doca! – gritou o delegado.

- Diga, sô. – respondeu ele, apaticamente.

- O juiz determinou sua transferência para a Penitenciária Estadual.

- É o quê?

- Oxi, tu vai ser transferido, caboco. Ouviu não?

- E que diabo é uma penitenssária?

- Presidio, xilindró, cadeia, caixa de guardar preto, sua anta.

- Ah, sim. Mas oxi, eu vou ser transferido por quê?

- Prá mó de cumprir a pena. O juiz decidiu que tu deve ficar preso até o julgamento.

- Eu vô me imbora de Aqui-Perto?

- Aham.

- E onde fica isso?

- Na capital.

- Não, por favor, sô delegado. Eu nem conhece ninguém na capital.

- Oxi, e tu acha que vai é passar férias? Tu vai ficar preso. Quer amizade? Conquista os detentos. Tem um monte lá da tua laia e outros bem pior – ironizou o delegado, gargalhando.

- Por favor, sô.

- Nem adianta chorar. Ordens do juiz.

- Valei-me meu Padim Çiço – orou, Zé Doca, desolado. - E quando eu vou?

- Agora mesmo.

PARTE II

CAPÍTULO 6

Pouco menos de três centenas de quilômetros separava Aqui-Perto da capital do estado do Piauí, Teresina. O único acesso se dava por uma estrada pálida repleta de curvas que exigiam bastante atenção dos transeuntes. Os mais afortunados poderiam evitar os buracos e utilizar transporte aéreo particular, gastando não mais que meia hora para completar o percurso. Por terra, uma boa picape com tração nas rodas precisaria de três ou quatro horas e um tanque inteiro de combustível. Uma motocicleta talvez levasse o dobro disso, no máximo. Mas o departamento penitenciário do estado não dispunha de nenhum desses meios de transportes para locomover os internos. Na verdade até possuíam uma viatura equipada, mas por ordens do governador, acompanhada por uma drástica redução nos recursos, o veículo só funcionava na capital.

Zé Doca foi transportado em uma carroça antiquada, puxada por um jumento experiente e que tinha sérios problemas de coordenação motora. O cabo Amarante liderava a excursão, e não conseguia esconder sua frustração por isso. Passou todo o caminho se maldizendo, maldizendo o delegado Tião, que se eximiu da responsabilidade alegando que tinhas assuntos a resolver, e, principalmente, maldizendo Zé Doca.

A viagem foi deveras sofrível. Custou um dia e meio, um desmaio por desidratação e uma forte dor lombar para Zé Doca e, para o cabo Amarante, algumas milhares de palavras e outras tantas centenas de canções de maldizer retiradas do Almanaque da Feitiçaria e Macumba para Iniciantes, escrito por Pai Lalau, um ancião que se recolhia nas matas de Daqui-Não-Passa.

Ainda houve uma pausa para alimentação, que logo foi cancelada, quando o cabo Amarante percebeu que não havia levado nenhuma alimentação e, portanto, não haveria motivos para justificar a pausa.

A ideia de um possível ataque também lhe atormentou por toda a viagem, afinal, ele era o único a escoltar o assassino do homem mais poderoso de Aqui-Perto. A família ou algum amigo próximo do de cujus poderia planejar uma emboscada para vingar-se. Não que lhe preocupasse a incolumidade de Zé Doca, mas é que, caso houvesse um ataque, certamente ele também seria morto, para que não houvesse testemunhas.

Simples assim.

Por sorte, não houve nenhum ataque, e, tirando os impropérios típicos de viagens longas, exaustivas e totalmente desconfortáveis, cabo Amarante e Zé Doca apontaram na penitenciária da capital tranquilamente, horas depois do alvorecer.

A Penitenciária Estadual de Teresina ficava ao sul da cidade, a não mais de dez quilômetros do centro urbano. O Complexo era um amontoado de concreto distribuído uniformemente. Foi, por ocasião de sua inauguração, no ano de mil oitocentos e noventa e cinco, considerado um presídio-modelo, tendo sido projetado para atender às novas exigências do Código Penal republicano, de acordo com as melhores recomendações do Direito Positivo da época. Contudo, pouco mais de um século depois, o presídio que era referência para os demais complexos criados no país inteiro, começou a ruir, devido à falta de investimento do governo estadual e problemas como má administração, rebeliões que culminavam quase sempre em massacres violentos e, principalmente, superlotação.

Havia quinhentos e setenta leitos distribuídos pelas celas do complexo, e mais do triplo de encarcerados espremiam-se para além das estatísticas.

O prédio, em estilo neoclássico, foi construído em regime de condomínio, ficando as celas dispostas em alas que podiam ser vigiadas facilmente a partir de uma das salas de vigilância. O projeto original modelava dois pavilhões devidamente alocados, sendo posteriormente construída uma nova unidade, que interligava os outros.

No pátio de entrada do edifício, cabo Amarante havia ordenado, grosseiramente, que o jumento parasse. Deu um salto breve e se firmou no chão. Contemplou, por um momento, o edifício, e suspirou satisfeito. Depois, seguiu até a carroça, onde estava Zé Doca.

- Afaste pá trás, rapaz! – disse ele, enquanto abria o cadeado, liberando a porta.

Zé Doca obedeceu. Estava com as mãos amarradas por uma corda violenta.

- Pronto. Pode descer. E não tente nenhuma gracinha, senão te arranco a fuça. – falou Amarante, levando a mão direita ameaçadoramente ao encontro do revólver que trazia na cintura.

- Não sô, por favor. Me leva de volta pra minha terrinha.

- E tu lá tem terra? Pobre só ganha terra quando morre e tem a sorte de ser enterrado, oras. Caminha. Ande. Passe pá cá.

- Ai meu Deus! – lamentou-se.

Zé Doca deixou a carroça atordoado. Sacudiu a cabeça e recompôs-se. Quando finalmente observou o prédio ficou abobalhado. Nunca tinha visto uma estrutura tão imensa como aquele a não ser pela televisão da Praça de Aqui-Perto.

- Valei-me meu padroeiro das obra gigantesca.

- Bora, caminha, deixe de prosiado.

Cabo Amarante conduziu Zé Doca até o portão de entrada. Duas guaritas tomavam as laterais do portão a vinte metros de altura, de onde guardas monitoravam todo passo indiscreto. Cabo Amarante bateu educadamente o portão de ferro, tomando cuidado para não ferir as mãos, nem ofender os agentes. Instantaneamente, um guarda retirou a proteção da janela de segurança, de onde fez surgir o bico de uma escopeta que encarava Amarante de uma forma bastante ameaçadora.

- Identificação?

- Bom dia, sinhô. Cabo Amarante se apresentando.

- Bom dia, cabo. Sou o agente Osório. O que deseja? – respondeu o agente, recuando a escopeta.

- Vim trazendo um meliante que deve ser recolhido nessa cadeia por ordem do juiz de direito da comarca de Aqui-Perto?

- Aqui-Perto? – interessou-se o agente.

- Isso mesmo.

O portão foi aberto antes mesmo que cabo Amarante concluísse o diálogo. Osório deu dois passos curtos para frente. Era um homem de pele clara, boa forma física e olhar curioso. As mãos firmes seguravam com bastante experiência a escopeta. Colocou-se à frente de Amarante. Os dois cumprimentaram-se com um aperto de mão tímido. Osório tornou a atenção a Zé Doca, encarando-o.

- Humn... Então esse é o tal assassino do Bavariano?

- Aham! O Senhor soube do acontecido? – confirmou Amarante.

- Todo mundo já sabe. O velho era rico e poderoso. Foi noticiado em tudo que é emissora por aqui.

Osório aproximou-se de Zé Doca e passou a apalpá-lo. Rastreou-lhe de cima a baixo, antes de lhe fazer girar o corpo.

- Esse estrupício bem aqui? Assassino do Sr. Arnaldo Antunes Bavariano?

- Aham.

- Essa cara de corno retardado que ele tem engana direitinho, ein? – disse Osório, gargalhando.

- Ei... eu exijo respeito, sô – intrometeu-se Zé Doca.

- Tu exige nada, moleque insolente – disse Osório, aplicando um tapa na face de Zé Doca. – E é bom que fique caladinho porque aqui preso só fala quando a gente autoriza, entendeu?

Zé Doca concordou, em gesto.

- Pois bem, vamos entrando que o diretor está esperando por vocês.

Os três atravessaram o portão. Do lado de dentro outro agente tomou a posição de Osório, vigilante. Atravessaram um corredor estreito que dava acesso a pequenas salas onde repousavam alguns guardas penitenciários. O corredor findava no pátio, onde, naquele instante, alguns presos do semiaberto executavam trabalhos braçais. Um pouco a frente era possível notar as grades de proteção em metal aramado, indicando a área de lazer dos detentos. O espaço era enorme e totalmente plano. Interligava os três pavilhões de maneira uniforme, isolando toda a área.

O Pavilhão um era, indiscutivelmente, o mais populoso. Ficavam nele os condenados pelos crimes mais brutais, como homicídio, latrocínio e tráfico de drogas. Unanimemente, o pavilhão mais temido, em votação secreta feita pelos próprios agentes carcerários. Todas as rebeliões, motins e confusões se iniciavam no Pavilhão um. Aos fundos, ficavam as celas de castigo, ou solitárias.

O Pavilhão dois, embora também superlotado, não chegava a ser tão populoso quanto o primeiro. O prédio abrigava os presos do regime semiaberto e os condenados por crimes de menor gravidade, além dos tuberculosos e os doentes mentais, ou aqueles que fingiam sê-lo.

No terceiro Pavilhão eram alojados pedófilos e estupradores, além de presos que foram expulsos de outros pavilhões. Celas apertadas, úmidas e escuras onde ficavam detentos jurados de morte por outros presos e que não podiam ser transferidos para outros pavilhões. O pavilhão fora motivo de frequentes polêmicas com a imprensa e organizações humanitárias. Entretanto, debaixo de toda a lugubridade e podridão instalada naquele lugar, havia, aos fundos, uma viela totalmente organizada, cheia de adereços temáticos, enfeitando as celas que se seguiam. Recebeu a denominação de "Beco da Rabiola" em homenagem aos seus moradores, homossexuais e travestis, além de outros fetichistas.

Os presos do Pavilhão três - a exceção dos habitantes do "Beco da Rabiola", que desempenhavam papel fundamental na manutenção da ordem - eram tratados com desdém pelos demais, sendo hostilizados em público frequentemente. Boa parte dos detentos não suportava e acabava por cometer suicídio, quando não eram assassinados antes.

Zé Doca checou todo o ambiente que pôde alcançar enquanto era conduzido por Amarante, que, por sua vez, acompanhava Osório. O agente fez a volta para a esquerda e seguiu alguns passos, até alcançar uma sala.

- É aqui! Vamos entrar.

Osório abriu a porta e aguardou gentilmente os visitantes atravessá-la. Acompanhou-os em seguida, travando a fechadura por dentro.

A sala, em formato retangular, era bastante espaçosa. Tinha um piso borrado com alguns detalhes em falso. À esquerda, ordenavam-se quatro prateleiras tomadas por livros de todos os tipos, organizados de maneira exemplar. Ao centro, havia uma mesa oval feita de madeira opaca, além de uma cadeira ocupada por um homem de pouca altura e que concentrava toda sua atenção em uma folha de papel e uma caneta azul que segurava firmemente.

O homem era Epitáfio Oliveira Neto, o diretor do presidio.

Epitáfio era um sujeito de pele clara e semblante tinhoso. Vestia-se elegantemente, usando camisas sociais e ternos feitos sob medida. Isso porque, além da baixa estatura, Epitáfio também era bastante magricela, de modo que os ossos da sua face ficavam à mostra. Contudo, seu corpo frágil sustentava uma postura olimpiana. Epitáfio tinha formação acadêmica e gosto pela leitura, o que, aliado as suas quatro décadas de vida, acabara forçando-o a usar óculos. Sucedeu seu próprio pai, Epitáfio Oliveira Filho, na direção do presídio, cargo que ocupada a cinco anos. Antes de seu pai, seu avô também ocupou o cargo. Neto desenvolve um trabalho extremamente rigoroso e disciplinado, o que acarreta, vez ou outra, rebeliões. Orgulha-se, sobretudo, de nunca ter ocorrido uma fuga bem sucedida em seus anos de mandato. O único preso que tentou fugir foi capturado e severamente executado no pátio do presidio, servindo de lição aos demais. Recentemente se viu envolvido em alguns escândalos, mas nada provado até o momento.

- Perdão, senhor. Este rapaz deseja lhe ver. – disse o agente Osório.

- Humn... e já está vendo, não?

- Sim, mas...

- Então, pronto. Podem sair.

- Ele tem um preso.

- Ora, eu tenho mais de mil aqui e não ando importunando os outros. – respondeu, ajustando os óculos.

- Sinhô, permita que eu me apresente. – antecipou-se Amarante. – Sou o cabo Amarante, lotado no distrito de Aqui-Perto, vim a mando do juiz de direito de nossa comarca, conduzindo o homem preso pelo...

- Aqui-Perto? – interrompeu Epitáfio Neto, erguendo finalmente os olhos.

- Sim, sinhô.

- Ah, então é esse o assassino do Sr. Arnaldo Antunes Bavariano?

- Perfeitamente, sinhô.

- Mas... humn... ele não é negro...

- Não, sinhô. – respondeu Amarante, intrigado.

- Um assassino, e não é negro? Como assim? Intrigante... Um assassino que não é negro...

O Agente Osório sorriu a Amarante, timidamente.

- Esses malditos de raça misturada, sempre cedendo às pressões do sangue negro que corre em suas veias. – disse o diretor, em tom agressivo. – Trouxe os papéis?

- Estão aqui. – disse Amarante, entregando o objeto.

Epitáfio deu uma lida rápida nos papéis, ajustando o óculos a cada folha superada.

- Pois bem. Apelido, Zé Doca. Acusado de homicídio. Sem antecedentes, sem data para ser julgado,... humn... Pois bem rapaz – continuou ele, levantando-se e se aproximando de Zé Doca. – Se você vai ficar aqui é bom que se comporte e obedeça às regras, do contrário, você será considerado um problema, e sabe o que eu faço com presos que são considerados um problema?

- Na-Não, si-sinhô – titubeou, Zé Doca.

- Eu elimino! – completou Epitáfio, enquanto tentava, em vão, quebrar a caneta que segurava na mão direita, para causar maior impacto à frase. – É bom que saiba também – prosseguiu ele –, que este presidio não é uma colônia de férias. Aqui você trabalha, se quiser comer, entendeu?

- Aham!

Epitáfio analisou Zé Doca minunciosamente por alguns instantes.

- Humn... muito magricela... sem postura... mãos muito delicadas para um trabalhador... você é gay?

- É o quê, sô?

- Perguntei se você é gay, veado, bicha, queima ruela, se curte dar o ás de copas, esse tipo de coisa?

- Deusulivre, dotô. Eu sô é macho.

- Pois vai se dá muito mal aqui, já fique sabendo.

- Porque, sô?

- Se preocupe não, terá tempo pra descobrir. Agente Osório, diga para este negro da polícia que ele está dispensado, eu assumo daqui.

- Cabo Amarante, o diretor disse que o você...

- Sim, eu ouvi. Obrigado, sinhô. Passar bem – disse Amarante, retirando-se imediatamente.

- Agente Osório, pode levá-lo.

- É pra já, senhor. Mas, onde devo colocá-lo. No pavilhão dois, com os demais presos provisórios?

- Não, ele não combina bem lá. Além do mais, o pavilhão está lotado e tem uma fila de preso aguardando transferência pra lá. Mande-o para o pavilhão três.

- Pavilhão três, senhor?

- Exatamente.

- Mas, senhor...

- Não é um pedido, agente Osório. Isto é uma ordem!

- Entendido, chefe.

Osório retirou-se da sala, e seguiu em cumprimento da ordem dada pelo diretor do presídio. Zé Doca apenas observava a tudo, intrigado. As palavras de Epitáfio lhe corroeram o cerebelo. Seu semblante taciturno fora interrompido por um momento de curiosidade gritante.

- Agente Osório? – chamou ele.

- Sim?

- O diretô disse que eu vô ficar no tal pavilhão três, num foi?

- Exato.

- E isso é, sei lá, ruim?

- Não.

- Ufa. – aliviou-se, Zé Doca.

- Isso é péssimo.

- Oxi, por quê? Lá é tão perigoso assim?

- Não é com o pavilhão três que você deve se preocupar, mas sim com os outros dois. Quando você se mistura com os demais presos de outros pavilhões e eles descobrem que você é do pavilhão três, a coisa fica feia. Sinceramente, eu queria poder dizer que estou com pena de você, mas na verdade vou me divertir muito imaginando de que modo vão acabar contigo. Não esquenta, sua estadia aqui serão seus últimos momentos. Você nunca mais sairá daqui com vida. – conclui Osório, com uma gargalhada maléfica.

Zé Doca seguiu rumo ao destino que lhe fora traçado, irremediavelmente preocupado.

CAPÍTULO 7

As duas portas de metal puro foram cerradas atrás de Zé Doca, quando ele atravessou o corredor. Um frio gelado lhe percorreu espinha afora, denunciando o que o esperava naquele lugar lúgubre e tenebroso. Os carcereiros, expostos em suas faces de desencanto, abriam as portas e o encaminhavam com movimentos treinados e atentos. Perceberam o nervosismo do novo inquilino, que tropeçava em todo ser inanimado que encontrasse pelo caminho. Haviam alcançado a entrada do pavilhão três, onde passou por uma última e constrangedora revista, antes que adentrasse o recinto.

A estrutura interna do prédio era alarmante. O cimento do piso era disposto de modo irregular e paradoxal. O esgoto corria às claras, exalando um odor peculiarmente desinteressante que abraçava todo o ambiente. O teto possuía várias falhas e as paredes deterioradas ameaçavam ruir no primeiro inverno. Por sorte, não havia inverno na capital piauiense. A bem da verdade, Teresina possuía um calendário próprio e três estações muito bem definidas, a correr por todo o ano: calor, quentura e mormaço.

Zé Doca seguiu em frente, atravessando o corredor quente e indesatável. De repente, viu-se em meio aos encarcerados. Encarou-os cuidadosamente, embora fosse difícil esconder de sua face o asco daquele lugar, daquelas pessoas estranhas. Os presos, ao perceberem o novo inquilino aproximaram-se das grades, curiosos.

- Humn... carne nova no pedaço. – disse um preso, meio rouco.

- Aonde que tu tá vendo carne, sô? Esse ai só tem é osso. Diacho, quem gosta de osso é cachorro. Tô fora.

- Vem cá, deixa eu te estrupá, nenenzão... – disse outro.

- Calem a boca, seus viados, e se afastem das grades, ou não vai ter almoço hoje, entenderam? – retrucou, Osório.

- Ai que homi grosso esse Osório. Adoro homi grosso... – cochichou outro preso, para o seu companheiro de cela.

Zé Doca estava atribulado com os semblantes carrancudos dos detentos e quando percebeu que encará-los não era uma boa ideia, decidiu declinar a cabeça. Cruzou com todos os tipos, em poucos metros de

caminhada. A maioria, homens em seu estado mais primitivo e selvagem possíveis. Homens que, dada as experiências as quais foram submetidos no cárcere, talvez não guardassem sequer um traço de humanidade.

Quase ao final do pavilhão, o agente Osório convocou a parada, pressionando Zé Doca pelo pescoço.

- Argh! Argh! Cof! Cof! – disse Zé Doca, engasgado.

- É aqui. Agente Quinturdes, abra a vinte e quatro! – ordenou, Osório.

O agente aproximou-se, carregando as chaves. Quinturdes portava um chaveiro bastante disputado e gastou alguns minutos para localizar a chave pedida.

- Pronto. Está aberta! – anunciou ele.

Osório direcionou Zé Doca, dando-lhe um safanão, em seguida.

- Aii!

- Pronto! Você ficará aqui. Vamos, entre logo que eu já perdi muito tempo com você – disse Osório, empurrando Zé Doca.

Zé Doca entrou aos tropeços na cela e nem percebeu quando as grades foram lacradas. Após uma longa pausa, decidiu erguer a cabeça, paulatinamente, até conseguir vislumbrar o ambiente. A cela era um cubículo fora de moda. Uma pia grotesca encostava-se à parede esquerda, onde era possível perceber algumas escovas e pastas de dentes, além de vários cabelos, ou, a julgar pela espessura dos fios, pelos pubianos. Ao fundo, como na delegacia, havia um buraco ao qual Zé Doca já conhecia a utilidade. Duas camas cimentadas, organizadas em beliche, completavam o local, deixando pouco espaço para o trânsito. O detento que ocupava o repouso superior permaneceu indiferente à chegada de Zé Doca e continuou lixando as unhas. Era um negro alto de pele alisada e aparência tenebrosa. Exibia uma tribal no braço esquerdo e um desenho cristão, encoberto em parte por uma espécie de sutiã improvisado que ele vestia. Tinha o estranho hábito de morder sua própria língua, segundo lhe conviesse. O outro preso, mais magricela e de aparência evasiva, manteve os olhos fixos em Zé Doca, obstaculizando a passagem.

- É... Prazer, me chamo Zé Doca – disse ele, estendendo a mão.

O detento não esboçou qualquer reação.

- E ocê, como se chama?

Novamente nada.

- Ei, psiu, tô falando contigo, homi – disse Zé Doca, gesticulando com os braços.

- Ele num vai falar não, deixe de zuada que tu me atrapalhando, credo, que falta de educação – respondeu o outro detento.

Zé Doca espantou-se, não só com a voz aguda do indivíduo, mas também com sua aparência feminizada.

-É... – disse ele, meio desajeitado. - E por que não? Ele é mudo?

- Não, é que ele tá brincando de "estátua".

- Arre, oxi, estátua? Diacho de brincadeira é essa, sô?

- Conhece não? A pessoa que tá brincando fica sem se mexer até que outra pessoa toque nela. Pense numa besteira da gota serena.

- E é?

- É. Quer ver? – diz o preso, tocando seu companheiro, em seguida.

- Ah! Urruuu! Tô livre.

- Óia ai, num falei? Se bem que era melhor deixá ele estátua mesmo...

Zé Doca ficou confuso.

- Tô livre! Tô livre! – gritava o detento.

De repente ele tornou a encarar Zé Doca, retomando o semblante sério.

- Qual o código?

- Hã?

- O código? Vamos, diga.

- É... Num sei não, sô...

- Resposta errada. O sistema vai explodir – disse ele, iniciando uma contagem regressiva.

- Não amola o rapaz, Alicate, cruz credo.

- Alicate?

- Sim, é o nome dele, ou apelido, sei lá. Ele é meio azuado, mas num faz mal a ninguém não. Também num estranhe se tu chamar pelo nome e ele num responder, é que de vez em quando ele cisma que é outra pessoa. Geralmente um revolucionário ou alguém muito importante. Dessa vez nem sei quem ele é ainda e nem tenho tempo de descobrir, pois tenho que deixar minhas unha im-pe-cá-vel – soletrou – para os bofe babarem mais tarde.

- Ah tá, entendi – respondeu Zé Doca.

- Chamando base. Código 45. Código 45. É uma invasão. Temos soldados feridos. Preciso de reforços – disse Alicate, simulando uma ligação em rádio de patrulho.

Zé Doca ainda calculou 15 minutos enquanto Alicate simulava o que parecia um contra-ataque à ação terrorista de um inimigo imaginário. Nesse intervalo, Alicate, gritou, esperneou, arrastou-se pelo chão e atirou impiedosamente para todos os cantos. Após declarar-se vitorioso, resolveu tornar a si, quando então notou o novo companheiro de cela.

- Oi, seja bem vindo. Como se chama?

- Obrigado, sô. O pessoal me chama de Zé Doca. – respondeu ele, com um caloroso aperto de mão.

- Prazer, Zé Doca. Sou o Lampião – cochichou.

- Lampião?

– Sim, mas fala baixinho, porque Maria Bonita não pode saber que tô aqui.

- Num te disse, caboco? O Alicate.

- Ah... tá... Obrigado pelo aviso...

- Ah, e esse aqui é o Paulo, meu companheiro de missão.

- Êpa, já te disse pra não me chamar de Paulo seu insensível. Meu nome é Jhenyffer Ritchelle, com dois 'efes' e dois "elles", quantas vezes tenho q repetir? – irritou-se. E não sou seu companheiro, num me envolve nessas besteira ai não, seu aluado.

Prazer, homi – animou-se Zé Doca, estendendo a mão. – Ou melhor, muié, sei lá...

Jhenyffer apenas ignorou o cumprimento de Zé Doca.

- Liga não, Zé Doca. Ele só tá assim porque nós perdemo a última batalha. Ele vai superar.

- Sei...

- Então, seja bem vindo ao grupo. Arranje um lugar pra tu descansar. Amanhã temos que exterminar com o exército do coronel.

- Certo.

Zé Doca deixou escapar um leve sorriso de canto de boca, que se misturou as diversas bactérias presentes no ar do recinto e tomou rumo amigável. Não queria - como todos os outros detentos - estar ali, mas, já que estava, se sentiu animado, em um primeiro momento, com os companheiros de cela. Considerou ter sorte, por um breve instante, pois de tantos sujeitos horrendos e cruéis que habitam as dependências do presidio, dividir a cela com um louco e um negro misterioso, seria uma dádiva, um toque de Deus no seu desajustado caminho. Deixou escapar outro sorriso, dessa vez mais malicioso.

- É... só uma coisa, sô.

- Diga, soldado. – falou, Alicate.

- Vejo que só tem duas camas.

- Sim.

- E que nós somos três.

- Perfeitamente. – concluiu Alicate, depois de fazer uma conta rápida com os dedos.

- E essa cama de baixo deve ser a sua.

- Exato.

- E a de cima, a do Paulo, ou melhor, da Jhenyffer Ritchelle – emendou Zé Doca, após ser severamente repreendido pelo olhar da travesti.

- Claro.

- E eu, onde vou dormir?

- No chão, ora. Se fosse bonito podia até dormir comigo, mas num gosto de homi magrelo não – interveio Jhenyffer. – E trate de se espremê ai direitin que é pra num atrapaia a passagi.

- Mas, nesse chão duro? Eu vim pra cá sem nada. Como eu arrumo pelo menos um lençol? Um travesseiro?

- Tu tem dinheiro?

- Não.

- Então esquece. E também entenda logo uma coisa: Não existe nada aqui de graça, entendeu? Nada.

- Entendi, sô. Só tô preocupado com os bicho que deve ter aqui pela noite.

- Num perca tempo se preocupando com bicho não. Muriçoca, barata, rato, isso é o de menos, tu acostuma. Fica esperto é com os "bicho" lá de fora.

- Isso mesmo, o inimigo é traiçoeiro. – disse, Alicate. – Eles podem estar preparando uma emboscada nesse exato instante. Oh, meu Padim Ciço do Juazeiro, tenho que mudar o plano de ação. – completou, sentando-se à beira da cama, colocando as mãos sobre a cabeça, esfregando-as rapidamente.

- Do jeito que tu é magrelo, e meio abestaiado, tu num vai durar aqui não, macho. – observou, Jhenyffer Ritchelle, sem tirar os olhos da parede que continuava a riscar.

- Arre, oxi! Precisa escuiambá não.

- Só tô dizendo a verdade. Diz uma coisa, bofe, tu tá puxando cadeia aqui por quê?

- Hein? É o que, homi?

- O que foi que tu fez pra tá aqui preso?

- Eu num fiz nada não, sô.

- Então veio pro lugar certo. Aqui ninguém fez nada. Tudo inocente.

- É. Tudo inocente. Ih! Ih! Ih! – disse, Alicate.

- Mas assim. Diga então o que foi que tu não fez, mas que os outro acha que tu fez, e, por conta disso, tu veio bater pestana pra cá.

- Fui acusado de matar um homem muito importante lá da região.

- E como tu matou? Que arma usou? Revólvi? Faca? Peixeira? Uma pá? Ou os braço mesmo?

- Eu não matei. Deuzulivre. Num tenho coragem de matar nem uma mosca.

- Nunca matou ninguém?

- Não!

- Nem feriu?

- Não!

- Ixi, bofe, então trate de criar coragem, senão tu tá fudidin. Aqui é a lei da selva. Só os forte sobrevive – disse ele, virando-se de costas para Zé Doca, como se fosse tirar um cochilo.

O sorriso tímido de Zé Doca se apagou de vez, sem deixar qualquer vestígio. O desafortunado voltou a preocupar-se com o contato com os demais presos. Sabia que seria inevitável, e que, sendo ele o mais novo e indesejado hóspede daquele perverso local, acabaria por ser duramente perseguido, se não morto. Seu espirito escapara do corpo pálido por um instante e quando retornou estava sentado junto à grade metálica. Deixou cair uma lágrima, quando lembrou da morte do velho Antunes e de como Maria Clara e o outros Bavarianos deveriam estar arrasados naquele instante. Deixou cair uma lágrima maior ao lembrar da tragédia que fulminara sua avó e da qual não conseguia se livrar do sentimento de culpa. O pensamento lhe envolveu em uma densa e sombria névoa que só fora extirpada quando um barulho estridente tocou a grade.

- Bleng! – fez o barulho, provocado pelo imponente cassetete de um guarda, que chegou sem avisar.

- Levantem todos, seus filhos da puta, hora do almoço!

CAPÍTULO 8

Uma fila gigantesca formou-se nos arredores do pátio. Os presos eram dispostos conforme a numeração da cela e do pavilhão, o que tornava demasiado excessivo e irritante o trabalho dos guardas que não entendiam o motivo desta disposição burocrática, vez que, dentro do refeitório, todos se misturavam conforme quisessem. Mas, era uma regra imposta pelo diretor e, como todas as outras, não poderia ser questionada. Desde que assumiu a direção do presidio, o excêntrico Epitáfio Neto cuidou para que fosse elaborado o Manual da Prisão, um livro volumoso de observância obrigatória entre presos e agentes carcerários sob o seu comando. As quase 500 páginas do livro detalhavam, às vezes, repetitivamente, tudo o que se podia ou não fazer dentro daquela prisão, além das sanções para o caso de descumprimento de suas normas. Como o Manual não foi publicado, nem existiam cópias disponíveis, os presos só tinham conhecimento das condutas que eram proibidas quando, de fato, a praticavam, incorrendo em suas penas, por vezes bastante severas. Havia proposições absurdas, como a regra número 1.454 que proibia o preso de olhar para seu próprio pênis enquanto estivesse urinando. O dispositivo foi revogado, vez que, não existiam muitas pessoas interessadas em fiscalizar o cumprimento da regra, e, também, porque, sem poder observar onde urinavam, acabavam perdendo o controle e sujando todo o ambiente. E era devido a regra 17, que dizia que a fila deveria ser organizada de acordo com a numeração da cela e do pavilhão, que Zé Doca estava logo atrás de seus dois companheiros de cela, Alicate e Jhenyffer Ritchelle.

Alicate, apelido que Jodeanilsiston Carvalho ganhou ainda na infância por seus amigos acharem seu nome complicado demais para se pronunciar, estava bastante familiarizado com a situação e apenas reservou-se em seu interior, imbatível aos ataques externos. Vivia aquela rotina há quase cinco anos, quando fora condenado pelo homicídio de sua mãe. O diagnóstico apontou que ele era portador de psicose, além de sofrer de transtornos de personalidade, e, após ter seu pedido de internação negado pelo Hospital Psiquiátrico, sob a alegação de ausência de vagas, fora enviado para a Penitenciária Estadual, que,

embora também não tivesse vagas disponíveis, não tinha um controle tão rigoroso quanto o hospital.

Inicialmente, Alicate foi mantido no pavilhão dois, mas, após o episódio em que se convenceu de que era um astro do rock e passou a noite cantando e gemendo desafinadamente, foi transferido para o pavilhão três, onde os moradores pareciam mais acostumados com cantos e gemidos.

No pavilhão três, conheceu Jhenyffer Ritchelle, com quem divide a cela há cerca de três anos.

Paulo Carneiro Rufino, nasceu homem, ou pelo menos foi isso o que o médico disse aos pais do garoto. Descobriu seu homossexualismo ainda na infância e não reprimia suas vontades e desejos pelos meninos com quem brincava. Gostava de todas as brincadeiras que eram ensinadas as meninas, embora também jogasse futebol com os homens, mas só para que, depois do jogo, os garotos fizessem fila para lhe arrematar o sexo.

Devido a reprovação do pai, que não aceitava de modo algum ter um filho homossexual, foi expulso de casa aos 10 anos de idade. Nessa época enfrentou a fome e o abandono e, não vendo alternativa, migrou para Teresina, onde começou a prostituir-se para ganhar a vida. Odiou toda a sua família por terem-lhe rejeitado e decidiu desfazer-se de sua antiga identidade, adotando o nome de Jhenyffer Ritchelle simplesmente porque achava sonoro e bastante elegante. Foi preso no seu aniversário de vinte e dois anos. Na ocasião promoveu uma orgia comemorativa onde foram detectados vários menores de idade sendo aliciados e praticando atos sexuais. O caso de Jhenyffer ainda permanece sem julgamento, embora os autos estejam conclusos para o juiz decidir há mais de dois anos.

Alicate e Jhenyffer, embora não fossem grandes amigos, aprenderam a conviver juntos, tornando suportáveis as diferenças. O longo tempo no cárcere moldou suas personalidades e ensinaram-lhes a serem mais pacientes.

E assim, pacientemente, como bons veteranos que eram, aguardavam a convocação na fila para o almoço. Jhenyffer Ritchelle manteve um olho fixo em suas unhas das mãos, avaliando-as, e, com o outro, avaliava um rapaz musculoso do pavilhão um, que retribuiu com uma piscadela tímida. Alicate, por sua vez, tampou os olhos, com suas próprias mãos, e cochichava algum código incompreensível.

- Achidam – mara-querim – miri tubara-bara- zumdufuru. Ru...

Zé Doca estava atrás de Alicate, e, embora tentasse passar despercebidamente pelos olhares maldosos dos outros detentos, pela primeira vez em sua vida, não conseguiu. Todos o encaravam, curiosamente, tentando extrair algo do seu ser. No outro extremo da fila, um homem alto e de semblante impiedoso encarou-lhe impetuosamente, fazendo gestos ameaçadores com as mãos, que só cessaram quando ele fora forçado a entrar no refeitório. Zé Doca gelou, tentou não encarar mais ninguém, como uma espécie de autodefesa, mas todos comentavam a seu respeito. O rapaz que estava atrás de Zé Doca, aproximou-se, segurando-lhe o braço com bastante força.

- Tu vai ser minha vadia. Eh! Eh! Tu vai ser minha vadia. – dizia ele, alegremente.

- Afaste-se, se não quiser perder os dente. – ameaçou um guarda.

A medida que a fila andava um caleidoscópio de ideias avançavam sobre o deturpado cérebro de Zé Doca. Relembrou o que Alicate e Jhenyffer haviam lhe dito sobre a vida na prisão fora das celas e começou a preocupar-se. Começou a orar para todos os santos que tinha notícia. Alguns minutos depois tinha alcançado o refeitório.

- Vamos novato, entre logo. – disse o agente que guarnecia a entrada, dando-lhe um safanão.

O refeitório era uma enorme e desajustada área, onde estavam dispersas centenas de mesas feitas de concreto mal trabalhado. Os bancos, também de concreto, não possuíam encosto, tampouco regulagem. Havia guardas em todos os lados, de sentinela. No canto esquerdo, próximo à porta de entrada, ficava um enorme balcão, onde eram servidos os alimentos. Um pouco acima, era possível ver um letreiro, onde estava escrito a frase "O que não mata engorda, ou vice-versa", talhada em madeira seca. Zé Doca não sabia exatamente o que fazer. Decidiu então recorrer a Alicate.

- Ei, psiu. O que eu faço aqui, sô?

- Mutrafa na pinobemba Zurita. Dezoito. Dezoito. Chiburam na sessum.

Percebendo que Alicate não lhe forneceria resposta, decidiu apenas imitá-lo. Pegou então uma bandeja suada, como Alicate o fez. Recebeu uma colher de arroz e saltou o feijão, como Alicate o fez. Aceitou um pouco de carne moída, onde era possível contar os pedaços com os dedos da mão. Um pouco de farinha e um copo d'água encerravam a refeição. Seu estômago demonstrou-se entristecido com a pouca quantidade de comida que fora servido a Zé Doca. Olhou para algumas outras bandejas, e viu que alguns presos comiam fartamente. Tentou retornar para, talvez, pedir mais, contudo fora empurrado ferozmente pelos que lhe sucederam.

- Sai daqui, macho, tu tá atrapalhando a fila, oxi.

- De-desculpa, sô.

Abatido, o rapaz percorreu o corredor entre as mesas. Percebeu Jhenyffer sentado em um local quase que totalmente vago, e animou-se em sua direção.

- Êpa, aqui não, bofe. – disse Jhenyffer, impedindo a passagem de Zé Doca.

- Ué, por que não, sô?

- Não quero ser visto contigo. Procure outro lugar.

- Mas eu divido a cela contigo, oxenti.

- E eu lá escolho com quem divido a cela? Claro que não, né, meu bem? Agora, aqui fora, eu tenho direito de escolher minhas companhia. E cer-ta-men-te não quero ser visto contigo. E ponto final. – concluiu Jhenyffer, ajustando sua blusa decotada.

Zé Doca chocou-se com a postura do seu companheiro de cela. Todos o encaravam, sem interromper a refeição, claro. Avistou dois rapazes que faziam gestos obscenos em sua direção. Um deles enfiou e tirou o dedo de sua própria boca, repetidas vezes, até que, inexplicavelmente alguém lhe deu um soco, iniciando um conflito generalizado. Colheres, garfos e bandejas voaram para todo lado. Zé Doca fora atingido em cheio por uma bandeja, na altura da cabeça. Devido a resistência de seu crânio, um pouco avantajado, o rapaz não teve nenhum ferimento, mas fora inundado em restos de comida. A bandeja ficou totalmente destruída, o que irritou profundamente o detento que a utilizava, fazendo com que ele partisse em direção a Zé Doca. Era um homem corpulento carregado de tatuagens e sentimentos ruins, em iguais proporções. Os dentes rangiam como se fosse uma disputa de queda de braço.

- Cabôco safado, tu lascou com minha bandeja.

- E-Eu?

- Sim, quem mais aqui seria idiota pra fazê isso, se não um novato metido a baitola?

- Mas, sinhô, eu num fiz nada. Jogaram a bandeja em mim. Eu fui acertado por ela, olha aqui. – justificou-se Zé Doca, mostrando os restos de comida que invadiam sua face. Quase caio quando recebi a pancada, armaria.

- Eu sei, porque fui eu mesmo quem jogou a bandeja em ti, caba safado.

- E o que o sinhô queria que eu fizesse?

- Que desviasse, ora.

- Oxi, e lá deu tempo?

- Num importa, se não fosse essa tua cabeça véia dura a minha bandeja ainda estava inteira. Agora, por conta desse desaforo tu vai ficar sem comida, mar minino – disse ele, tomando a refeição das mãos de Zé Doca. – E que sirva de lição. E da próxima vez não é só com fome que vou te deixar não, viu, amarelo baitola?

Somente após divertirem-se um pouco com a balburdia, os agentes penitenciários resolveram intervir, antes que saísse de controle. Dezenas de presos foram feridos, alguns gravemente. Somente um disparo, dado para cima, alcançando o telhado, fora capaz de encerrar a confusão.

- Ordem, seus destrambelhados!

Todos se sentaram, emudecidos. Apenas Zé Doca, que ainda não havia conseguido digerir os acontecimentos, permaneceu em pé.

- Quem começou essa bagunça? Quem? – indagou o guarda.

Os detentos permaneceram calados.

- Só vou perguntar mais esta vez, e se não responderem, vão ficar tudo sem refeição por três dias. Então, me diga, quem começou essa bagunça?

Os detentos apontaram, unanimemente, em direção a Zé Doca.

E foi assim que Zé Doca visitou a solitária, pela primeira vez.

CAPÍTULO 9

A solitária era um cubículo de dimensões microscópicas, envolto por um forte odor, semelhante àquele que exala de peixes estragados, o que era peculiarmente estranho, já que não eram servidos peixes naquele recinto e em lugar nenhum daquela prisão. O local era de um todo insalubre. Tinha seu chão cimentado e de suas paredes escorriam grossos filetes de água. A porta de ferro maciço possuía apenas uma pequena janela. Não havia luz ou local próprio para que o apenado pudesse se assear. O espaço não era suficiente nem para se acomodar confortavelmente, de modo que o detento, sem poder alongar o corpo, era forçado a dormir sentado, apoiando-se em uma das ancas.

A solitária era, mais que uma sanção ao preso, uma maneira efetiva de diminuir a superlotação carcerária, pois grande parte dos presos cometiam suicídios nestes espaços. E não era para menos. A pressão psicológica e a potente energia negativa que habita o local são capazes de destruir até o semblante mais firme. A escuridão do ambiente confundia os sentidos e provocava delírios constantes. No início Zé Doca gritava, se remoía em desespero. Depois, obrigou-se a aceitar sua condição, impotente. O único contato que tinha com um pouco de luz era quando a pequena janela da porta era aberta, permitindo a passagem de um pouco de comida.

A refeição era servida apenas duas vezes ao dia e as sobras, caso houvesse, não eram recolhidas, de modo que se juntavam as urinas e fezes espalhadas pelo chão, formando um cheiro semelhante aos dos lixões municipais.

Em uma dessas vezes em que a minúscula janela fora aberta, um pequeno inseto voador aventurou-se para dentro da cela, atraída pelo odor peculiarmente desagradável. O pequeno voador alimentava-se dos excrementos expelidos por Zé Doca e, após satisfazer-se por completo, repousava no canto da boca do jovem. Essa situação, longe de incomodá-lo, agradou-lhe imensamente. Fora a única relação de afeto desenvolvida nos últimos dias, retomando um pouco do seu espirito humano flagelado e encorajando-o a seguir em frente.

Apelidou seu novo amigo de " Zzz" pois este era o barulho que ele fazia ao bater suas pequenas asas. Tentou estabelecer um diálogo com o inseto, sem sucesso. Tentou ensinar-lhe sua língua mas embarrou em uma absurda falta de vocação do aprendiz. Resolveu, em um ato de extremo altruísmo, que seria mais fácil aprender o vernáculo do pequeno inseto, por parecer bem menos complexos e não possuir regras de conjugações verbais. Depois disso travaram diálogos realmente desinteressantes, mais que preenchiam boa parte do tempo ocioso.

- Zzzz zzzzzzzz zzzzzzzzzzzz zz zzzzzzzz – dizia o inseto

- Zzz z zz zzzzz z? – indagava Zé Doca.

- Zzz zzz zzzzzzzzzzzzz zzzzzzzzz zzzzzzzzzzz zz z zzzz zzzzzzzzzzzzzzz zzzzzzzzz z zzzz zz.

- Zzzzz zz zzzzz zzz zz z zzz.

Após minutos de profundos e acirrados debates, o diálogo dos novos amigos fora interrompido pelo barulho agudo provocado pela abertura da porta da cela. Um clarão atingiu em cheio o rapaz, tendo deixando-lhe momentaneamente cego. No mesmo instante o pequeno inseto voador, que repousava nos lábios manchados de Zé Doca, fugiu, sem cerimônias, deixando seu amigo-humano profundamente irritado e desacredito sobre as atuais relações de amizade.

- Zé Doca?

- Hein? – falou, evitando olhar diretamente para o foco de luz.

- Levanta, homi, tua punição terminou. Cê vai voltar pra cela geral agora.

Zé Doca não demonstrou euforia, apenas deixou-se levar pelos guardas fortemente armados. Fora arrastado como um escravo pelo corredor do Pavilhão três. Suas pernas, ainda dormentes pela má circulação sanguínea, não eram capaz de sentir a dor provocada pelo corte da pele em contato ao solo. Os presos do pavilhão três agitaram-se com o retorno do novato. Alguns não acreditavam que Zé Doca, tão aparentemente frágil seria capaz de suportar o inferno astral provocado pela solitária.

- Óia, o magrelo voltou. Comé qui pode? – indagou um preso.

- Eita cambito réi duro, quem diria ein...

Na medida em que avançava, Zé Doca se adaptava melhor ao ambiente, que, embora não fosse completamente iluminado, era bem mais que a solitária. Na verdade, até um caixa de fósforos lacrada poderia supor mais iluminação do que a solitária.

Os guardas arrastaram Zé Doca até a cela 24.

- Abram a cela 24. – ordenou um dos guardas, ao que outro obedeceu.

O portão foi aberto e Zé Doca arremessado, como uma mercadoria imprestável, para dentro da cela. Bateu a cabeça na ponta da cama onde repousava Jhenyffer Ritchelle, e berrou desesperadamente, retomando a consciência.

- Arghhhh! – gritou ele.

- Aiii, Cruz-credo. Que susto, menino. Armaria, quase me mata do coração. – resmungou Jhenyffer Ritchelle, que fora acordada pelo grito do jovem.

- Ah! Ah! Ah! Ele voltou. Ah! Ah! Ah! Ele voltou. – disse Alicate, que naquele instante estava agachado sobre o buracão que havia no chão, onde, a julgar pelo forte odor que dominou o ambiente, estava defecando.

- É... pelo menos alguém tá feliz com a minha volta, né?

- Que nada, é que eu e o Paulo...

- Êpa! – interveio Jhenyffer.

- Perdão... Eu e a Jhenyffer apostamos enquanto tu tava na solitária. Eu apostei que tu voltava, e ela apostou que não. Agora que tu voltou, ela se lascou. Ah! Ah! Tá me devendo dois conto. Ah! Ah! Ah!

- Tome logo esse dinheiro, seu miserento catingoso – disse Jhenyffer Ritchelle, retirando do sutiã uma cédula e arremessando ao encontro de Alicate.

Alicate agarrou a nota, beijou-lhe carinhosamente e conversou com ela por alguns instantes. Ao terminar de expelir os excrementos, limpou seu íntimo com a cédula de dinheiro, utilizando ambos os lados. Zé Doca observou a cena, atônito. Jhenyffer apenas retorceu o nariz. Após o procedimento, Alicate dobrou a cédula e colocou-a carinhosamente no bolso da calça, deitando-se em sua cama.

Embora não tenha sido recebido como imaginou, Zé Doca sentiu-se aliviado de voltar a cela. Poderia finalmente enxergar a luz, respirar um ar menos corrosivo e, claro, ter contato com humanos – embora ainda estivesse ponderando se este contato seria algo bom ou ruim. – Esboçou um leve sorriso e caminhou lentamente pela estreita passagem da cela, até alcançar a pia. Tentou jogar alguma água no rosto, contudo, não havia água naquele instante. O racionamento fora uma ordem do diretor. Ainda assim, Zé Doca não se deixou abater e manteve um semblante otimista. Buscou a beleza das coisas mais simples que o rodeavam. No metal das grades encontrou a força que precisava ter para resistir àquele local. Na torneira sem água encontrou a paciência para esperar por dias melhores. No buraco cravado no chão encontrou os excrementos de Alicate, e teve um breve bloqueio criativo. Deitou-se ao chão, achando-o, agora, mais confortável, comparado ao da solitária. No mesmo instante Alicate, que estava deitado, sentou-se à beira da cama, puxando uma pequena cartela de medicamento do bolso.

- Lá é tão ruim como o povo diz? – perguntou Alicate, enquanto engolia um dos comprimidos.

- Hein?

- A solitária é tão ruim como o povo diz mesmo?

- Oxi, ocê nunca teve lá?

- Se eu tivesse num tava perguntando, né?

- É... e o que dizem de lá?

- Que é pior que o inferno.

- Humn... num conheço o inferno não, mas deve de ser mesmo, sô. Aqui as hora passa devagar, mas lá, vixi... nem se compara, homi. – refletiu Zé Doca.

- Podem pará de conversa ai, que eu quero dormir, oxi, será possível? Aff – intrometeu-se Jhenyffer.

- Tá, que seja!

- E, Zé Doca... – continuou Jhenyffer.

- Hã?

- Não pense que só porque tu escapou da escuridão da solitária que tudo ficará bem. Lá fora, no pátio, a vida é bem pior, bofe. Te apruma e tome jeito de gente, viu? – advertiu ela.

Jhenyffer ajustou o lençol em seu corpo e tornou a dormir tranquilamente.

Zé Doca descobriria mais tarde que ela tinha razão.

CAPÍTULO 10

Um silvo violento invadiu o corredor do pavilhão três, misturando-se as imundícies do ar nada rarefeito e rodopiando pelas paredes desconcertadas até fugir da vista.

Um pelotão composto por vinte agentes penitenciários invadiram o pavilhão em ritmo frenético.

- Levantem-se todos, hora do banho de sol, mocinhas. – gritavam eles, batendo nas grades das celas.

Os presos, rapidamente obedeceram, e se organizaram em suas celas. Um ritual já conhecido pela maioria deles. Zé Doca, porém, acordou meio desnorteado. Dormia desde que saiu da solitária, como se tentasse se libertar de vez dos pesadelos mentais que vivera no local. A sua frente estavam posicionados Jhenyffer e Alicate, em fila.

- Levanta, homi, se o guarda te vê assim ele te senta a ripa. – advertiu Alicate.

Zé Doca obedeceu, tão logo retomou a consciência.

Dez guardas eram responsáveis por abrir todas as celas, enquanto outros dez vigiavam atentamente, tudo conforme o Manual da Prisão. O procedimento era comandado pelo agente Teixeira, um sujeito quarentenário de feições nada amistosas e um bigode que parecia ter vida própria. O boné escondia uma cicatriz que se elevava na parte superior do crânio, misturando-se a seu cabelo propositalmente aparado na máquina, pois, segundo seu próprio julgamento, seria mais temido assim. Sua pele era ríspida e bastante corada, devido à ação do sol. Tinha o corpo quase que totalmente tomado por pelos escuros e desarrumados, como um feroz e apavorante urso. Ingressou como agente penitenciário na capital tão logo atingiu a maioridade. Na gestão de Epitáfio fora promovido para chefe de segurança do presídio, sendo ele o braço direito do diretor. Trabalhava com total dedicação e enxergava os presos como inimigos que deveriam ser eliminados e, por conta disso, se envolveu em vários processos na corregedoria, entretanto, Epitáfio, usando de sua influência, sempre conseguia o arquivamento destes. Respeitado pelos companheiros de trabalho – ou, pelo menos, ninguém nunca teve coragem de discordar dele em nada. – e temido

pelos presos, Teixeira recebeu o apelido de Capitão, e, desde então, tem assumido com devoção a patente.

- Saiam da cela e formem uma fila! – ordenou Teixeira.

- Ai meu Deus! Ele voltou... – comentou Jhenyffer.

- Ele quem?

- O Capitão. Ou, melhor, o "Capetão". Eita homi ruim.

- Aquele lá? – apontou Zé Doca

- É sim. Mas baixa esse dedo, antes dele vê, senão tu tá ferrado, bofe.

- Tá bom, mas e por onde ele andava?

- Ouvi dizer que tava pra Picos. Teve uma rebelião no presídio de lá e ninguém conseguia controlar, mó babado. Ai mandaram chamar ele e rapidin a rebelião acabou. Disseram que o Capitão ganhou até um aumento.

- Humn... – disse Zé Doca, reflexivo.

- Todos andando até o pátio, agora!

Os presos obedeceram e começaram a marchar rumo ao pátio. O Capitão Teixeira observava atentamente cada um que passava. Todos permaneciam cabisbaixos, com justo receio de confrontá-lo. Zé Doca acompanhou os demais, no mesmo ritmo.

- Pare! – berrou Teixeira, quando Zé Doca seguia a marcha.

O desafortunado obedeceu.

Teixeira aproximou-se, segurando o queixo com a mão esquerda e com a direita, um cassetete ameaçador.

- Humn... então é esse o novato? – indagou, arqueando as sobrancelhas espessas, que se fundiam acima do nariz.

- Sim, sinhô! – respondeu ele.

- Não lhe dei permissão para falar, muleque. – bradou Teixeira, agredindo Zé Doca com o cassetete, firmemente.

- Argh! De-desculpa, sô.

- Mas o quê? Falou de novo? – prosseguiu Teixeira, aplicando-lhe mais algumas coronhadas. - Tu quer me desafiar, é isso, caba safado?

Zé Doca calou-se. Ainda foi agredido mais algumas vezes antes do Capitão permitir-lhe falar.

- Responda!

- Cla-claro que não, sô Capitão. – gaguejou, enquanto limpava um pouco de sangue que escorria por sua face.

- Claro que não, pois eu arrebentaria um magrelo como você com apenas um dedo.

Zé Doca concordou silenciosamente com a afirmação.

- Volte para a fila, você está atrasando os demais.

O rapaz obedeceu, friamente.

- E não se esqueça, aqui dentro eu serei sua sombra. Não há nada que você faça que eu não fique sabendo. Estarei sempre por perto e pronto para agir. –

Zé Doca seguiu a fila, enquanto tentava digerir as ameaças do Capitão. Ponderou a hipótese de aquela ser a reencarnação do demônio em uma versão mais agressiva e assustadora. Sua mente o envolveu em uma amalgama de pensamentos ruins, o que era bastante comum, embora ele relutasse bastante em assumir. Lembrou-se dos fatos que o trouxeram até a prisão. Relembrou a notícia da morte de Seu Antunes, a comoção da população aquipertense, sua prisão, a morte de sua avó, a estadia na solitária, e, por um descuido inexplicável de seu cérebro, lembrou-se do dia em que venceu um tetraplégico cego em uma partida de sinuca sem espectadores. Os pensamentos disléxicos o abandonaram no exato instante em que ele alcançou o pátio do presidio. O ambiente era grande, totalmente plano e arejado, ou pelo menos era isso o que afirmava o engenheiro que assinou a obra. O espaço estava totalmente tomado pelos presos dos três pavilhões. A grande maioria aproveitava o banho de sol para sentar e refletir sobre os problemas pessoais, - como se não pudessem fazer isso dentro das celas -. Alguns outros aproveitavam para se exercitar ou fumar algum cigarro. Um pequeno comércio funcionava a pleno vapor no pátio, com anuência do diretor do presídio, claro, que ficava com grande parte dos lucros das vendas. Bem ao centro do pátio, fora improvisado um campo de futebol, com pequenas traves onde jogavam quatro pessoas em cada time, sem a necessidade de escalar goleiros.

No pátio era possível notar a formação de vários grupos distintos, que, a depender da necessidade, se aliavam, ou, o que era bem mais frequente, lutavam entre si para sobreviverem. Os grupos eram formados em razão da cor, raça, classe social, orientação sexual e religião. Alguns eram bem específicos, como o grupo dos adoradores do sagrado bode-rei, ou ainda o grupo dos pescadores de arraia de meia idade do rio Gurguéia. Zé Doca observou a todos, atônito. Percorreu centenas de rostos desconhecidos, e todos retribuíram com olhares agressivos. Suspirou aliviado ao localizar Jhenyffer Ritchelle, que, naquele instante, se exibia para um grupo de negros apetitosos. Aproximou-se, decidido, ignorando completamente a provocação dos estranhos.

- Se me olhar de novo, te meto a pexera, tá ligado, corno? – ameaçou um detento.

Ao contrário do novato, Jhenyffer estava muito bem à vontade no pátio. Ali, cercada de homens famintos, sentia-se uma grande estrela, admirada e cobiçada por todos, o que não deixava de ser verdade. Os homossexuais e travestis do "Beco da Rabiola" eram, geralmente, muito bem tratados pelos demais presos. Entendiam exatamente do que os detentos precisavam e esforçavam-se para agradá-los. Não que precisasse de muito para agradá-los, vez que não eram muito seletivos, e, assim sendo, até um homossexual de aparência um pouco grosseira como Jhenyffer, acabava sendo suficiente para satisfazer-lhes. Em troca, recebiam uma razoável quantia em dinheiro, ou qualquer outra coisa mais interessante - e, acredite, na cadeia existem coisas bem mais interessantes que o dinheiro-. Jhenyffer estava negociando seu corpo com alguns negros. Um deles contou-lhe sobre certo livro que andava lendo e que narrava as histórias de um ricaço sádico que possuía as mais inacreditáveis fantasias eróticas. Propôs-lhe a realização de uma dessas fantasias, alertando-lhe que envolvia um alto grau de violência, o que deixou Jhenyffer bastante curiosa. As negociações foram interrompidas no exato instante em que Zé Doca se aproximou.

- Qual é a tua, novato? Quê que tu qué aqui, ein? – indagou um dos homens, avançando em direção ao intruso.

- Ca-calma, sô. – disse ele, recuando.

- Zé Doca? O que tu faz aqui? – questionou Jhenyffer

- Eu vim ficar contigo, ué.

- Tá maluco? – perguntou, arrastando o rapaz pelo braço, com uma força descomunal. – Eu num posso ser visto contigo aqui. – prosseguiu, tomando cuidado para que os demais não ouvissem.

- Arre, oxi. E por que não?

- Porque tu ia queimar meu filme, ora.

- Mas somos companheiro de cela.

- E daí? Aqui fora eu tenho uma imagem a zelar, sou respeitado. Não posso tá andando com novato que não tem o que oferecer. Não é nada pessoal, mas procure uma turma pra você e nunca mais atrapalhe meus negócio, entendeu?

Zé Doca assentiu, timidamente.

- Vaza logo daqui, trouxa – bradou um dos negros, empurrando-lhe convictamente.

O desafortunado partiu, ressentido. Sabia que os momentos no pátio, junto com os demais presos, seriam bastante difíceis, mas não contava com a rejeição de Jhenyffer. Só lhe restava agora buscar abrigo junto ao seu outro companheiro de cela, embora concordasse que não fosse uma boa ideia. Tornou a passear os olhos pelo ambiente. Todos o encaravam friamente, e, ao perceber que o amedrontavam, lançavam um olhar ainda mais aterrador. Avistou Alicate em uma posição absolutamente incomum. Estava de cabeça para baixo, com uma das mãos firme no chão, a outra enfiada na boca e os pés apoiados na grade lateral. Zé Doca seguiu em sua direção, contudo, quando Alicate percebeu a aproximação, recuperou a postura e saiu em disparada.

Não havia mais ninguém com quem o jovem pudesse contar. Ajoelhou-se no pátio e rogou aos céus por uma intervenção, ou ao menos algum sinal que lhe convencesse de que os dias infaustos estariam por terminar. Travou um diálogo incisivo em sua mente perturbada. De repente uma sombra consideravelmente grande projetou-se para além dele e, depois, outra sombra consideravelmente maior que a anterior juntou-se a primeira, formando uma imagem consideravelmente esquisita. Os raios de sol pareciam ter sidos ocultados, mas não havia nenhuma nuvem no céu. Zé Doca então virou-se, curioso. Por trás das sombras havia dois homens de aparência temerária. O primeiro tinha a face arredondada e braços musculosos cobertos por tatuagens mal feitas. O segundo era um pouco mais alto, mais musculoso e possuía apenas uma tatuagem, sem acabamento, como se houvesse se arrependido no meio da sessão. Os dois dividiam, com outros cinco detentos igualmente sinistros, uma das celas no pavilhão um. O mais forte, sem aviso, cuspiu no rosto de Zé Doca, inundando seu ser.

- Te alevanta, tu foi escolhido, novato.

- Es-es-co-co-lhi-do? Pr-pra quê? – questionou, enquanto tentava limpar a face.

- Pra ser nossa nova muiézinha. Bora, te alevanta – disse o mais alto, puxando-lhe imediatamente pelo braço.

Zé Doca fora arrastado por todo o pátio, sob os olhares desinteressados dos demais presos, até alcançar um canto discreto. Os guardas observavam a tudo, sem, contudo, nenhuma interferência. Ao contrário, se apressaram em organizar uma aposta onde tentavam adivinhar quantos pontos seriam necessários para costurar os ferimentos que ele viria a sofrer, em seu íntimo.

O desventurado aprenderia de maneira paradoxal que na cadeia não havia espaço para os valores morais que cultivava desde a infância, com destemor. Aprenderia que a cadeia não era como sua pacata cidade de origem, onde era possível viver harmonicamente e construir laços sólidos e confiáveis.

Ele aprenderia, mas não antes de ser violentado física e moralmente, por dezenas de vezes e sofrer outras várias internações na solitária.

A cadeia remodelaria seu corpo e lhe deixaria marcas – com o perdão do trocadilho - profundas, mas não suficiente para abalar sua alma.

Ou pelo menos era isso o que ele gostava de acreditar.

CAPÍTULO 11

Um quarteirão ao norte do fórum de Aqui-Perto repousava silente o prédio da promotoria de justiça. Possuía uma arquitetura simples, mas impecável. A estrutura, embora recente, conservava traços coloniais precisos. Havia apenas quatro cômodos sendo o maior deles, claro, o gabinete do Dr. Olegário Parente, titular da promotoria da comarca.

O gabinete do promotor era aquele tipo de lugar em que qualquer pessoa gostaria de estar, a não ser, é claro, que ele próprio já estivesse por lá. Era um amplo cômodo que ocupava os fundos do prédio. O espaço era totalmente arejado. Duas grandes prateleiras feitas de madeira de lei e divididas em colunas corriam por toda a extensão das paredes laterais, repletas de livros e periódicos jurídicos, metodicamente catalogados e organizados de acordo com o tema e a data de publicação. Ao fundo, e, um pouco acima da janela de vidro temperado em formato horizontal, erguia-se, imponente, um quadro com os símbolos e brasão da instituição, além de uma foto, um pouco mais discreta, de Olegário Parente, ao lado.

O promotor era um sujeito de baixa estatura e pouca melanina. O bigode volumoso tentava esconder uma cicatriz abaixo do nariz, que ganhou ainda na infância ao se envolver em um bizarro acidente doméstico onde, após uma sequência de eventos inexplicáveis que se iniciaram com a queda da fiação de energia e o eletrocutamento de um gato, ele foi atingido em cheio por um garfo. O cabelo fino escorria pela sua face arredonda, deixando à mostra apenas as pontas das orelhas. Suas pernas eram vibrantes, porém curtas, de modo que, em análise com o restante do corpo, um julgador apressado poderia se convencer que aquela figura, na verdade, seria fruto do cruzamento mal sucedido entre um pinguim e um leão marinho.

Contudo, a sua estatura era inversamente proporcional a sua arrogância. Era um sujeito extremamente ranheta. Nascido em Teresina, Olegário era filho de um casal de empresários bem sucedidos no ramo hoteleiro. Bacharelou-se em direito na faculdade do Rio de Janeiro e, quando voltou ao Piauí, foi nomeado promotor de justiça da comarca de Daqui-Não-Passa. Desde quando assumiu a promotoria, há dez anos, Olegário tem feito o impossível em busca de uma promoção para a capital, sem êxito. No início, tinha ideais nobres, contudo, as intempéries de sua profissão moldaram seu caráter, tendo se tornado um ser mesquinho e invariavelmente prepotente. Detestava o interior do estado, em especial a cidade de Aqui-Perto, onde assumiu a promotoria tão logo fora inaugurado o fórum. Detestava o bucolismo enraizado, a monotonia e o espirito comunitário exacerbado. O seu desespero para ser promovido à capital lhe custou uma série de eventos grotescos como quando processou uma dona de casa por maus tratos aos animais, sob a alegação de que esta havia assassinado friamente um pobre e indefeso mosquito que repousava tranquilamente sobre um pedaço de carne temperada. Outra vez determinou que fosse encerrado uma festa em que participava, quando a banda local resolveu tocar uma versão da música Ilariê, grande clássico da cantora popular Xuxa. Na ocasião alegou que a música poderia deturpar a ordem e influenciar os jovens a promover uma rebelião em massa. O juiz, desta feita, concordou com os seus argumentos e decretou o fim do evento.

Naquele instante, o Dr. Olegário concentrava toda a sua atenção em algumas centenas de papéis, que folheava sobre a mesa.

Havia chegado mais cedo que o costume, até porque o seu costume era exatamente não ir à promotoria. Na verdade, o último relatório anual da promotoria apontou-o como um dos funcionários mais faltosos, sendo que, segundo uma interpretação sistemática dos dados apresentados pelo Instituto Piauiense de Estatísticas, a probabilidade de algum cidadão encontrar o promotor em seu gabinete era quatro vezes menor que a de, este mesmo sujeito, ao retornar para casa frustrado por não ter sido atendido, se deparar com um elefante de barba sobrevoando os céus em um balão grande o bastante para suportar seu peso.

Justiça seja feita, não é que Olegário Parente não fosse um profissional dedicado. A verdade é que preferia trabalhar nas ruas, como um promotor ativo, do que manter-se em clausura na sede da instituição, de modo que só frequentava o gabinete quando algo muito importante, segundo seu próprio julgamento, assim exigisse, ou, também, para manter suas relações extraconjugais, vez que a cidade não dispunha de nenhum motel ou estabelecimento congênere.

O certo é que naquele instante Olegário encontrava-se em seu gabinete e não mantinha nenhuma relação extraconjugal, o que permite concluir que algo muito importante ocorria ali.

De fato algo, muito importante acontecia e isso era visível em seu semblante absorto.

Centenas de papéis estavam dispersos sobre a sua mesa e todos eram observados cautelosamente. Os documentos faziam parte do inquérito policial do caso que poderia finalmente lhe render a desejada promoção à capital e, por isso, mereciam serem tratados com especial zelo. No outro canto da mesa o delegado Tião Cintura tentava conter a euforia. Cruzava as pernas, depois descruzava, em seguida cruzava os braços e as pernas simultaneamente. Coçava a cabeça com rigor, fazendo ruir alguns fios de cabelo cansado.

O promotor não parecia se preocupar com a ânsia do delegado e o ignorava completamente. Concentrou-se nos documentos e analisou-os individualmente, geralmente deixando escapar sinais negativos com a face. Após algumas horas revisando os documentos, retirou da gaveta um bloco de papéis limpos e começou a escrever algo.

Consultou um livro espesso e escreveu um pouco.

Consultou novamente o livro e escreveu mais um pouco, e depois mais um pouco, até ficar inteiramente satisfeito com o que acabara de escrever, quando então, decidiu fechar o livro.

- Hummm... – grunhiu ele.

O delegado fixou o olhar no promotor, entusiasmado.

- Existem muitas falhas aqui no inquérito. Muitos pontos controvertidos, laudos imprestáveis, depoimentos imprecisos... – disse ele, impiedosamente, preocupando o delegado.

- É... É que tivemos pouco tempo, dotô – justificou-se.

- Isso não é problema meu.

- Mas o dotô sabe que a delegacia não tem estrutura pra apurar um caso como esse.

- Isso também não é problema meu.

O delegado desanimou.

- Mas, - prosseguiu o promotor. – de qualquer maneira, os elementos probatórios constantes do inquérito são suficientes para que seja instaurada a persecução penal. Irei apresentar a denúncia, com urgência.

Tião cintura recuperou-se, deixando escapar um sorriso sincero. Despediu-se com um cordial aperto de mão, antes de sair em disparada. Ao deixar o prédio, alcançou um orelhão próximo, e, ainda com um sorriso estampado no rosto, discou alguns números.

Antes que o telefone pudesse completar a primeira chamada, o interlocutor sacou-lhe rapidamente do gancho.

- Sô prefeito?

- E então?

- Tudo certo, o promotor vai apresentar a denúncia.

- Ótimo.

CAPÍTULO 12

A proximidade das eleições municipais atiçava indistintamente a população aquipertense. As ruas, praças e residências foram tomadas por um emaranhado de propagandas políticas de baixíssima qualidade. Os empresários do ramo de entregas de encomendas prosperavam como nunca antes. Os urubus-correios, abarrotados de serviço, sinalizaram o início de uma greve, mas logo conseguiram um acordo que incluía, entre outras coisas, melhoria na alimentação e diminuição da jornada de trabalho. Cartazes, faixas e panfletos dilaceravam o horizonte se misturando à sujeira habitual da cidade. Cores cintilantes disputavam a atenção dos transeuntes. De um lado, o vermelho escarlate mesclado ao amarelo borrado do PEBA, do outro, o verde-limão e azul do Partido Evolucionista da Integração e Desenvolvimento Organizado, o PEIDO. A rivalidade era pujante e a euforia acirrava os ânimos ocasionando diversos desentendimentos. O mais grave dos conflitos encerrou-se com saldo de 30 feridos, 14 cadeiras quebradas e a morte por asfixia de uma ovelha que, por uma incrível falta de senso e direção, acabou se perdendo do rebanho, indo parar no meio do pandemônio. A cidade estava notadamente dividida. Até mesmo nos comícios realizados não era possível identificar qual dos partidos recebia mais simpatizantes.

Nunca na história de Aqui-Perto houve uma campanha eleitoral tão disputada. E seria assim até a data marcada para a eleição.

Contudo, havia, no momento, um tema que despertava, em especial, o interesse dos munícipes. Algo que lhes prendia totalmente a atenção e já rendera muito mais do que brigas com apenas 30 feridos, ou 14 cadeiras quebradas, ou uma ovelha sem senso e direção morta. Algo que movimentava as bolsas de apostas para além das fronteiras aquipertenses: a morte do Senhor Antunes.

Os indivíduos confabulavam diuturnamente na praça e nos bares da cidade, na tentativa de desvendar o caso. Um senhor mais apressado concluiu que na verdade o velho Bavariano teria tirado a própria vida, pois, segundo ele, a angulação do corpo em relação à constelação de Orion, indicaria um ritual suicida praticado por uma antiga tribo indígena que habitou o sul do estado do Maranhão e venerava o tatu-bola como o grande criador do universo.

Todos em Aqui-Perto estavam atentos a qualquer novidade, qualquer furo que pudessem guiar seus instintos detetivescos. Aproveitando-se disso, o Pomba-Gira, consagrado como o melhor jornal regional - prêmio este incontestável, já que não havia concorrentes - estampou a capa da sua edição mais recente com uma detalhada exposição do caso Antunes, além de uma denúncia à lentidão da justiça. A reportagem alargou mais ainda os ânimos da população. De um lado, os fiéis correligionários do prefeito Chico Perniz repudiavam a nota do jornal, e elogiavam a conduta da polícia ao prender, ainda em flagrante, aquele que para eles era insofismavelmente o autor do delito. Do outro, os simpatizantes da oposição ouviam atenciosamente ao discurso prolixo de Mafuá Bandeira, que aproveitou-se da matéria jornalística para fundamentar sua tese da ineficiência da justiça e atacar, principalmente, as políticas relacionadas à segurança pública municipal, que, segundo ele, não se preocupou em investigar o caso a contento, limitando-se a indicar o primeiro suspeito como autor do crime. O bate-boca encharcava as ruas e rodopiava pelos ambientes mais inóspitos, pesando a atmosfera aquipertense.

Dois grupos apresentavam-se, então, muito bem definidos, e poucos arriscavam se opor a ambos, simultaneamente. Havia os que defendiam as mudanças propostas pelos oposicionistas do PEBA e os que apoiavam a reeleição do prefeito peidista.

Havia os que criticavam e havia também os que refutavam as críticas, mas essa não era uma divisão segura, por depender exclusivamente do ponto de vista do observador, que poderia ser alterado conforme o espaço e o tempo.

O certo é que a notícia veiculada pelo Pomba-Gira atravessou as fronteiras do município. Havia vendido dois mil exemplares em apenas uma hora de publicação, ultrapassando o recorde anterior de tiragem – que pertencia a edição número 290 que noticiava o provável fim do bolsa-goteira, programa social desenvolvido pelo município - em mais de quinhentas cópias. Chico Perniz recebeu uma cópia em sua residência enquanto ainda tragava seu charuto matinal. Sentava-se em uma confortável poltrona fincada em seu quintal, ao lado de sua bela esposa Ana Claudia. A primeira-dama era uma mulher de pouco mais três décadas, embora suas feições pudessem aparentar menos. O louro do seu cabelo, embora não fosse natural, escorria pelo seu corpo em perfeita sincronia, como uma bela cachoeira em um rio de águas calmas, e encaixava-se fielmente tom claro modelado em sua pele radiante. Tinha os seios fartos e quadril imponente. Vestia-se sempre elegantemente, embora às vezes exagerasse nos decotes vestidos curtos.

Embora fosse uma eximia cultivadora da moda e beleza possuía também um vasto conhecimento político, vez que vinha de uma família tradicional no ramo. Seu pai e avô foram prefeitos da cidade de Logo-em-Seguida, cargo atualmente ocupado por seu irmão, o Sr. Damásio Guedes, um jovem de mente insana e totalmente imprevisível. Além de primeira-dama, ocupava também o cargo de vice-prefeita de Aqui-Perto, cena comum naquela região do país onde o nepotismo não só era comum, mas também incentivado.

Ao receber o jornal, Chico Perniz fixou os olhos na manchete de capa, atônito. Folheou várias vezes todas as páginas, enrugando a sobrancelha, em seguida cuspiu o charuto sem cerimônias. Ana Cláudia, percebendo a tensão do marido, ergue a mão esquerda, tocando-lhe o ombro e massageando-o suavemente, como uma pena que desce do céu atingindo o solo de maneira quase imperceptível.

- Absurdo! – gritou ele, amassando o jornal furiosamente.

- Que foi, meu bem? – indagou Ana Cláudia.

- Esse jornalzinho sensacionalista de merda. Quanta mentira, meu Deus. Tenha paciência!

Ana Cláudia, curiosa, retirou os papéis amassados das mãos de Chico Perniz, reorganizando-os.

- Humn... – disse ela, enquanto lia. Humn... Não se importe com isso, são uns falsários. – concluiu, após uma leitura rápida.

- Como não me importar? Estamos há pouco tempo das eleições e esse tipo de propaganda difamatória pode prejudicar minha campanha. Você sabe como é o povo dessa cidade.

- O povo dessa cidade lhe adora, meu amor.

- Mas podem se virar contra mim, tudo por conta desse jornalzinho de uma figa. Ah, mas eu vou acabar com ele. Vou mandar fechar as portas dessa espelunca agora mesmo. – disse ele, levantando apressadamente, enquanto aprumava novamente o chapéu.

- Calma, meu bem, não se afobe. – cortejou Ana Cláudia. Se você fizer isso todos darão crédito a essas denúncias e ai sim será seu fim.

- E o que sugere que eu faça?

- Não faça nada.

- Nada?

- Isso mesmo, pois se você censurar o jornal aqui no município todos irão questionar esta atitude arbitrária e o julgarão ditador. Agora, se você não fizer nada, mostrará a postura de um homem honesto, que não sucumbe a acusações falsas. É como reza aquele ditado, "quem não deve não teme", não é assim?

- Humn... de toda forma reunirei minha equipe.

- Tudo bem, se é o que deseja. Apenas não se precipite. Lembre-se que eles estão desesperados, não você. Você tem o poder, você é o poder. Concluiu ela, beijando delicadamente a face de Chico Perniz.

Embora o prefeito tenha sofrido um baque considerável, não havia ninguém mais visualmente abalado do que o Dr. Claustro Luis Barbacena. Como juiz da comarca de Aqui-Perto, sentiu-se atacado na honra com a notícia veiculada pelo jornal. Inquietava-se de um lado ao outro do seu gabinete, no fórum, caminhando com uma dificuldade maior que a habitual. Sobre a mesa havia um exemplar do periódico, próximo aos autos do processo que repercutia para além da sua circunscrição. Não era só a denúncia que o irritava, mas também o fato de uma multidão ter se formado no hall de entrada do prédio, com placas escritas "Queremos Justiça!", entre outros textos. Era como se parte da população tivesse acordo de um sono profundo e se transformado misteriosamente em cidadãos militantes. O Dr. Claustro, que não é um apreciador de manifestações desordeiras, autorizou que o delegado Tião procedesse a prisão de todos, o que não foi viável, dado a falta de reforços e, principalmente, de vagas nas celas da delegacia.

- Dotô, não tem como prender mais ninguém, as cela tão tudo cheia, e a multidão ali fora só aumenta. – alertou o delegado.

- Chame reforços!

- Não temos reforços, e os policiais da capital demorariam horas pra chegar aqui.

- E o que sugere que eu faço, delegado?

- Sinceramente não sei.

- Como que pode sô, esse jornal mixuruca desrespeitar esta instituição tão fundamental para a manutenção da ordem pública? E esse bando de desordeiros, achando que podem avacalhar esta cidade e gozar do judiciário?

O delegado calou-se.

O Dr. Claustro seguia inquieto. Toda a serenidade que havia em sua face fora tomada de súbito. Derrubou alguns livros das prateleiras. Depois organizou-os e em seguida derrubou-os novamente. Sentou-se confortavelmente em sua poltrona e rebuscou os autos do processo, fixando, vez ou outro, os olhos no jornal.

Alguns minutos depois, convocou os serventuários da justiça em seu gabinete. Estavam todos reunidos: O secretário, o escrivão, o assessor e o oficial de justiça. Os semblantes eram totalmente evasivos.

- O que esse povaréu quer? – questionou o juiz.

- Bem, é... eles querem justiça. Celeridade. – respondeu o secretário.

- E por acaso não somos céleres?

- Sim, doutor. O problema é que alegam que o ministério púbico remeteu os autos para cá há algumas semanas e vossa excelência ainda não se manifestou.

- O caso é complexo.

- Concordo, excelência. Mas todo esse alvoroço é por conta da difusão da informação na mídia. Depois da manchete do jornal, até as rádios já estão comentando, é possível que saia algo na capital.

- Na capital? – indagou, trêmulo.

- Claro, doutor. Afinal, o Senhor Antunes era um homem muito influente.

O juiz consultou novamente os autos, atentamente. Em seguida retirou do porta-objetos uma caneta banhada a ouro onde podia-se ver seu nome escrito. Todos o observavam. Rabiscou algumas linhas e borrou algumas frases antes de retornar caneta para o local de origem.

- Bah, se o que querem é celeridade, então é o que terão. Procedam ao sorteio dos jurados que irão compor o tribunal do júri, a audiência está marcada! – sentenciou ele, surpreendendo a todos.

CAPÍTULO 13

O Pomba-Gira era o único jornal em anos a circular em Aqui-Perto e municípios circunvizinhos.

Fundado há quase uma década, pertencia ao Sistema Sol Nascente de Comunicação, tendo sido posteriormente adquirido, em liquidação judicial, por um grupo de empresários e políticos da região. Desconfia-se que o sócio majoritário seja o Sr. Damásio Guedes, prefeito de Logo-em-Seguida, e isso talvez explique o motivo de quase sempre ser ele a estampar a capa do periódico com as boas novas da sua gestão. Contudo, o político nunca assumiu publicamente o fato e prefere atribuir as homenagens recebidas ao reconhecimento justo pelo trabalho desenvolvido pelo seu governo.

Quando da aquisição, houve uma grande reforma e reestruturação em todo o aparelhamento e corpo técnico do jornal. Assim, algumas seções que antes somente tinham utilidade em banheiros públicos, foram substituídas por outras mais atraentes aos olhos do povo em geral. A seção de moda e beleza, por exemplo, deu lugar a coluna "Receitas práticas a base de farinha de milho". Também uma parte da coluna de esportes fora retirada para dar lugar a popular "1.000 maneiras de se fazer a dança da chuva".

A sede da empresa, embora diametralmente modesta, possui uma arquitetura pujante e de muito bom gosto, sustentando, em toda a sua extensão as cores azul e branco, adotadas pelo jornal quando da aquisição pelos novos proprietários. Na porta que dava acesso as dependências do periódico ficava gravado, em alto relevo o slogan "Pomba-Gira! A notícia vapt-vupt!". A porta, do tipo giratória e completamente trabalhada em vidro temperado, foi a primeira da região, atraindo o imaginário dos cidadãos mais desocupados que passavam o dia circulando o objeto, até serem expulsos por algum funcionário extremamente irritado.

Em meios as crises e recessões do mercado editorial, o jornal conseguiu se manter firme, graças as manobras de seus acionistas, que optaram por focar os escândalos dos bastidores da política, despertando, aos poucos, o interesse geral pelo assunto. Por conta disso, Chico Perniz tem sido, vez ou outra, alvo de duras críticas por parte do periódico, que já o rotulou, entre outras coisas, de "ditador" e, devido

aos posicionamentos nas reuniões do P3, de "burguês contrário ao progresso e desenvolvimento social".

Além de ser a única fonte escrita de informação a circular na região, o Pomba-Gira se destaca também pelas campanhas sociais que periodicamente lança, recebendo a aprovação da população em geral.

O jornal cumpre, então, uma notável função social, vez que começa a moldar uma sociedade rude anteriormente sedimentada em processos empíricos de conhecimento, transmudando-os paulatinamente em leitores interessados.

Entretanto, à sombra da boa aparência mantida com esmero, o jornal parecia semear, de maneira subliminar, uma filosofia política associada a interesses duvidosos.

Não haveria como os cidadãos formarem algum juízo concreto relacionado ao tema, pois, como todo bom movimento ideológico, o importante era contaminar o público com a informação e deixar eles pensarem que chegaram sozinhos a uma opinião.

Longe da sede do jornal, um telefone tocou.

- Pois, não. - disse uma voz delicada do outro lado da linha?

- Ana Cláudia, minha querida irmã, como estás?

- Bem, obrigado por perguntar, e você?

- Ficarei melhor se tiver alguma boa notícia para mim. Então, me diga, conseguiu convencer seu marido a assinar os documentos?

- Infelizmente, não, meu irmão. Ele está irredutível. Tem receio de que dê problema. Alegou que seria ilegal e está preocupado com uma possível investigação.

- Irmã... você sabe que precisamos dessa assinatura para viabilizar o projeto e a liberação da verba. E não preciso lhe lembrar o quanto isso é importante para nós.

- Eu sei, mas somente o prefeito pode assinar, e já tentei de tudo, não sei mais o que fazer, Damásio.

- O prefeito ou, na sua ausência, seu substituto legal...

Um silêncio preencheu a ligação e os telefones foram desligados sem uma despedida formal. As vezes o silêncio faz brotar ideias que são impossíveis de se ter em meio a um turbilhão de barulhos cotidianos. O silêncio, às vezes, produz. Foi o que aconteceu.

Uma idéia surgiu.

CAPÍTULO 14

O segundo mês no presídio pareceu a Zé Doca um pouco mais tolerável que o primeiro. Toda aquela euforia causada pela sua condição de novato havia cessado e, junto com isso, uma série de malefícios foram amenizados. As torturas já não eram tão frequentes, nem as sessões de estupros coletivos. Nesse intervalo, Zé Doca mostrou certo grau de familiaridade com o ambiente em geral. Fez alguns amigos, e outras tantas inimizades. Aprendeu a maquiar o tempo rabiscando alguns desenhos ou lendo algum livro que Jhenyffer lhe emprestava, não antes de ameaçar-lhe brutalmente caso não tive cuidado com as páginas. Aprendeu a lidar com seus companheiros de cela, a suportar os chiliques de Alicate e tolerar os caprichos de Jhenyffer, o travesti negro que estava cada dia mais convencida que, de fato, era uma mulher. Contudo, ainda era fervorosamente perseguido pela trupe do capitão Teixeira. O sujeito mantinha sentinela em Zé Doca, aguardando apenas uma pisada em falso para agir e, quando não acontecia, ainda assim conseguia uma maneira de arremessa-lo na solitária por algum motivo ilegítimo.

E Zé Doca havia acabado de retornar da solitária quando o sol pontuou o início da tarde. O corpo exibia algumas marcas de tempos difíceis. Assim que adentrou a sua cela, limitou-se a sentar no chão, apoiando-se na parede adjacente. Puxou o lençol que havia comprado com o suor do seu trabalho e embrulhou-se, timidamente. Jhenyffer, que estava aprumando as unhas em sua cama, observou a chegada de Zé Doca com uma espiada de canto de olho.

- Cruz credo, estrupício, mas tu tá maguin véi, nam, desse jeito vai acabar sumindo.

Zé Doca, embora não tenha respondido, concordou, intimamente.

Alicate, por outro lado, esboçou um semblante mais feliz ao ver seu companheiro de volta. Apressou-se em concluir o despejo dos excrementos que lhe atribulavam o estômago e aproximou-se de Zé Doca.

- Fico feliz que tenha voltado, comandante. Não contou aos inimigos nossos planos, né?

Zé Doca apenas assentiu, sabendo que, se não o fizesse, Alicate não o deixaria sossegar.

- Muito bem! Muito bem! – disse, aplicando-lhe alguns tapas firmes no ombro. – Está vendo, Capitão Paulo, eis aqui um homem de caráter.

- É Jhenyffer seu imbecil, Jhenyffer, quantas vezes tenho que repetir isso? Hã? Cruzes...

- Perdão, Capitã Jhenyffer, como eu ia dizendo, eis aqui um homem de caráter, que não sucumbiu às pressões e torturas do inimigo. – prosseguiu Alicate – Não se esqueçam, a batalha logo se iniciará, estejam preparados. Iremos destruir todo o clero e a nobreza e instituir uma nova ordem republicana. Viva a revolução! Viva a revolução! – gritava.

- Cala a boca, maluco, tem gente querendo dormir aqui, oxi. – gritou o detento da cela ao lado.

- É isso mesmo, cala a boca fí de corno. – concordou outro.

O grito de um preso despertava a ânsia de outro, o que acabou gerando uma grande algazarra envolvendo todo o pavilhão três. Os gritos eram totalmente aleatórios de modo que quando o furor atingiu as últimas celas não era possível identificar o que estavam protestando. Os guardas, sob a chefia do capitão Teixeira, invadiram rapidamente o recinto para reestabelecer a ordem. Os presos, ao avistarem o semblante corado do capitão, puseram fim, espontaneamente à baderna.

- Calados seus desgraçados! – bradou ele, sem necessidade. – Quem começou essa gritaria dos inferno?

Todos apontaram para a cela 24.

O capitão seguiu até o endereço. Jhenyffer havia se recolhido, em sua cama. Alicate se afastou rapidamente, encontrando a parede mais distante das grades. Zé Doca, entretanto, continuou sentado, encoberto parcialmente pela fina camada do lençol que orgulhava-se de ter comprado. Teixeira fitou os olhos em seu desafeto. Ignorou inteiramente o ódio que nutria por Alicate e suas manias irritantes. Ignorou também, surpreendentemente, o preconceito cruel que alimentava pelo travesti negro Jhenyffer. Concentrou todo o mal que irradiava sua alma em Zé Doca.

- Então foi você, não é?

- Hã? – espantou-se Zé Doca.

- Acabou de sair da solitária e já vai voltar. Mas num se preocupe não que dessa vez vou lhe aprumar uma peia até quebrar teu espinhaço, meliante de uma figa – disse Teixeira, entusiasmado.

- Gonçalves, abra esta cela – ordenou.

O capitão entrou na cela e puxou Zé Doca impetuosamente, fazendo com que ele desse um salto, retornando em pé. O lençol segurou-se ao chão. Não queria acompanhar seu dono. O desafortunado não teve reação.

- Bora logo.

Zé Doca fora arrastado pelo corredor sob os olhares atentos dos demais presos. Decidiu não indicar o verdadeiro culpado pela baderna, pois no fundo sabia que de nada adiantaria. O capitão Teixeira já havia lhe condenado e não parecia disposto a lhe assegurar o direito a defesa.

Enquanto Zé Doca era conduzido pelo fétido corredor do pavilhão três outro guarda havia adentrado o recinto. Aparentava pouco mais de quarenta anos. Tinha a pele neutra e um olhar apressado. Parou diante de Teixeira.

- Agente Saraiva se apresentando, senhor.

- Diga o que quer.

- Tenho ordens do diretor pra conduzir este preso .

- Conduzir? Para onde?

- Pra a sala de visitas, sô capitão.

- Impossível, estou levando ele para a solitária.

- Ixi, mas são ordens do diretor...

- Ordens do diretor?

-Aham. Esse cabôco ai tem visita.

- Visita? – indagaram Teixeira e Zé Doca, simultaneamente.

- Sim, e parece ser alguém importante pro diretor autorizar a visita assim, fora de horário.

Teixeira não conseguiu esconder o descontentamento. Examinou Zé Doca como um gatuno que vê sua presa escapar sem poder intervir. Agente Saraiva tomou para si o prisioneiro e rumou para o destino anunciado, não antes de ouvir o grito do capitão.

- Estarei aguardando na solitária, seu cretino.

Durante todo o trajeto, Zé Doca tentou assimilar a frase dita por Saraiva. Ele tinha visita. Mas, quem seria o tal sujeito?

Investigou as possibilidades. Não tinha amigos na capital e não conseguiu pensar em nenhuma pessoa em Aqui-Perto que se dispusesse a encarar tamanha viagem para vê-lo, a não ser, Itamar Petrusco, seu fiel amigo. Animou-se com a possibilidade.

A sala de visitas era um compartimento rústico que ficava na ala administrativa. Havia algumas mesas de concreto, seguida por bancos igualmente grosseiros. Dois guardas estavam arranjados nos cantos, totalmente alertas. Zé Doca fora lançado sala adentro.

- Tu tem cinco minutos, e é bom que num tente nenhuma gracinha – advertiu Saraiva, enquanto lacrava a porta.

Zé Doca mapeou o ambiente. Percebeu os dois guardas que ocupavam os cantos, além das mesas que rodeavam o ambiente. A visita ocupava a mesa a sua frente, e, surpreendentemente, não era Itamar Petrusco, mas sim Maria Clara Bavariano.

O jovem ficou boquiaberto. Seu corpo estremeceu. Um calafrio dominou-lhe o semblante. Se ele tivesse que palpitar entre as mais improváveis das situações certamente jamais arriscaria aquela. Por todo o tempo que esteve preso, acreditou veementemente que jamais tornaria a ver a mulher que povoava seus mais honestos desejos platônicos, e tinha muita razão para pensar assim, afinal, estava sendo acusado de assassinar o pai dela.

Quando caiu em si, o desafortunado aproximou-se lentamente. Vestia-se miseravelmente e exalava um odor bastante consistente, fruto da clausura na solitária. Sentou-se, mantendo o olhar em Maria Clara. A moça estava cabisbaixa. Embora conservasse a elegância que lhe é peculiar, seu aspecto era sombrio e sua aura totalmente vazia, diferente do habitual. Estava bastante concentrada e respirava apressadamente.

Decidiu erguer a cabeça. Seus olhos estavam selados. Algumas lágrimas escorriam por sua face. Absorveu todo o ar que fora possível, sem se importar com o odor latente.

Abriu os olhos, revelando-os avermelhados e sem o brilho de sempre. e fitou Zé Doca.

Os dois se entreolharam.

- Por quê? – indagou Maria Clara, com a voz trêmula, após alguns minutos de silêncio.

Zé Doca fez-se de desentendido.

- Por que você fez isso? Me diga...

- Isso o quê, sinhazinha?

- Por que você matou meu pai?

- E-eu não ma-matei ele não, sinhá.

- MENTIROSO – gritou ela, socando à mesa com as duas mãos - Foi você sim. Eu sei que foi. Todos sabem. A justiça tem as provas, inclusive sua digital que estava na arma do crime. Eu só quero entender o motivo. Então me diga, eu imploro, não quero ouvir suas mentiras.

- Mas eu não fiz nada. Eu juro por minha vozinha que tá no céu, sinhá.

Um silêncio dominou o ambiente por alguns instantes. Maria Clara fechou os olhos brevemente, reabrindo-os em seguida. As lágrimas novamente escorriam por todo seu rosto, respingando na mesa.

- Sabe - disse ela –, eu passei todos esses dias imaginando o que eu faria quando estivesse diante do assassino do meu pai. Pensei em tanta coisa ruim e lhe odiei incessantemente, mas Deus acalentou meu coração e me deu coragem para seguir. Hoje, a única coisa que sinto em relação a você é pena. Isso mesmo: Pena. Mas não lhe desejo o mal. Entrego teu destino na mão de Deus e da justiça. A única coisa que peço, em homenagem ao carinho e respeito que um dia você disse ter por mim, é que me diga o motivo de ter feito isso, pois só assim poderei viver plenamente em paz e conservar a memória do meu amado pai. Então – prosseguiu ela, aos prantos -, por favor, me diga por que fez isso, e diga de uma vez.

Zé Doca chocou-se. Percebeu que Maria Clara, a mulher fielmente amava e admirava, estava perfeitamente convencida de que ele realmente havia assassinado o seu pai.

- Mas, si-sinhá, eu não fiz na-nada. Me perdoe, mas não posso confessar uma coisa que não fiz.

- Seu desgraçado! – disse Maria Clara, dando-lhe um tapa na face, com toda a fúria que existia em seu ser.

- Si-sinhá?

- Guardas, encerramos aqui. – concluiu ela, dirigindo-se a saída.

Maria Clara sumiu no horizonte. Restaram apenas suas lágrimas que escorreram sobre a mesa e o desenho de sua mão na face de Zé Doca. O rapaz ficou perplexo. Seu rosto estava um pouco inchado, mas não conseguiu sentir a dor. O desprezo de Maria Clara tinha anestesiado seu corpo, profundamente. O agente Saraiva entrou no recinto.

- Levante, peão, vou te levar para a solitária.

CAPÍTULO 15

Zé Doca sequer percebeu quando a refeição fora lançada pela pequena janela, acertando-lhe as costas. Era o segundo dia consecutivo em que ele não se alimentava e isso lhe custara cinco quilos a menos. Os olhos estavam retraídos, a pele flácida e as costelas à mostra dariam um excelente modelo para aulas de anatomia humana. "Zzz", o pequeno inseto voador com quem tinha feito amizade, repousou em sua face em busca de afeto, contudo, não conseguiu travar nenhum diálogo interessante com o jovem.

- Zzzzzz zz zzzzzzzzzzzz zz! – dizia ele, aguardando, em vão, alguma resposta.

Zé Doca manteve os olhos fechados, o que não fazia muita diferença no local em que estava. Parecia bastante introspectivo, mas era perceptível que algo lhe incomodava.

O seu pensamento fora completamente dominado pelas lembranças da visita inesperada de Maria Clara. A imagem de sua bela amada de olhos caramelados e alma dócil enchia seu ser, embora fosse substituída, vez ou outra, por uma figura mais firme e impiedosa. Não era a bofetada recebida que lhe doía, mas sim, a acusação que ela lhe imputara. Maria Clara mostrou-se convencida de que ele era realmente o assassino de seu pai. Não foi ao presidio para conhecer o seu èstado ou apurar algum fato, queria apenas arrancar-lhe uma confissão que pudesse apaziguar seu espirito. Mas Zé Doca não cedeu. A saída fugaz dela, com a face banhada por lágrimas verdadeiras, deram a ele a certeza de que nunca mais a veria.

Nunca mais.

E isso lhe corroeu o âmago como o mais potente dos ácidos.

Um filete de água que escorreu por um buraco no teto atingiu sua face, interrompendo sua autoflagelação. Não era água de chuva, claro, mas apenas um vazamento na tubulação que se assentava sobre o compartimento e era acionado sempre que algum dos guardas utilizava o banheiro da sala de descanso.

O liquido, que mais tarde ele percebeu que não era exatamente água, mas uma junção de infinitas substancias químicas, acertou os olhos do desafortunado, forçando-o a abri-los. "Zzz", assustado, alçou voou.

Zé Doca recuou um pouco, evitando a goteira, em seguida enxugou os olhos. De repente, em meio a escuridão que dominava o ambiente, surgiu um ponto de luz bastante intrigante. O ponto cresceu rapidamente até irradiar o local, ofuscando a visão do rapaz. Quando recuperou-se percebeu que a luz ganhava forma.

Encarou a forma.

A forma, de início bastante complexa, foi se modelando até transformar-se em uma silhueta bem definida.

Encarou a silhueta.

A silhueta ganhou contornos suficientemente aptos a destacar a imagem de uma mulher bastante conhecida pelo jovem.

- Arre, oxi, vo-vo-vo-vovó??!! – espantou-se, ele.

- Sim, meu filho, sou eu. – respondeu Dona Rita, em tom amável.

Zé Doca, incrédulo, fechou os olhos e aplicou algumas bofetadas em sua face. Pensou estar delirando. Quando decidiu novamente abri-los, sua avó ainda estava lá.

- Ma-ma-mas, co-como é po-possível? Pensei que a sinhora tinha morrido.

- E morri mesmo, meu filho, mas apenas de corpo, pois minha alma estará sempre aqui te acompanhando.

- Foi tudo culpa minha. Se eu não tivesse sido preso a sinhora ainda tava vivinha da silva.

- Não diga bobagens. Eu já tinha resistido muito. Estava muito velha pra viver. É a ordem natural das coisas, não se culpe, jamais.

- E eu nem pude ir a seu enterro, vozinha.

- Ainda bem, eu não queria que me visse daquele jeito.

- Me desculpe, vozinha.

- Não peça desculpas, eu estou bem. Já você, sei que não está.

- É, vó... tanta coisa acontecendo. Eu queria era ter morrido também, deve de ser melhor do que viver nesse inferno aqui.

- Deixe disso, você ainda é jovem. Todo esse sofrimento pelo qual está passando é apenas uma provação de Deus, meu filho. Lembre-se, o pai celestial não dá a ninguém um fardo que não possa ser suportado.

- Pois eu tô carregando o fardo de umas cem pessoas, então, armaria. É a sua morte, a morte do sô Antunes, minha prisão, e agora – continuou ele, deixando cair uma lágrima. – nem a sinhazinha Maria Clara acredita em mim. Ninguém acredita.

- Eu acredito, meu filho, e seus amigos também. Não se desespere. Logo você sairá deste lugar, porque a justiça divina é infinitamente maior que a dos homens.

- Não sei não, vó.

- Não perca a fé. A verdade será revelada meu filho. Escute seu coração.

- Mas meu coração num diz nada.

- Claro que diz. Mas os caminhos do coração são complexos. Você entenderá no momento certo. Confie em Deus, em mim e em seus amigos. – concluiu Dona Rita, desaparecendo vertiginosamente.

- Espera, vozinha. – clamou Zé Doca, tarde demais.

O diálogo surreal deixou Zé Doca bastante confuso. Não conseguiu distinguir se fora real ou apenas uma ficção criada por sua mente para anestesiar brevemente seu ânimo.

Por alguns minutos, ele sacudiu a cabeça de um lado a outro repetidas vezes, roeu todas as unhas que ainda lhe restavam e ponderou qual seria o significado das palavras ditas por sua avó, mas não conseguiu encontrar nenhum. Gradualmente, tentou desafogar-se de todos os pensamentos que rodeavam sua mente. Absorveu um pouco da escuridão que havia voltado a dominar o local e depositou nela todas as coisas ruins de que tinha lembrança. Não lhe sobrou quase nada, a não ser alguns momentos felizes que dividiu com sua avó, o beijo na face que outrora recebera de Maria Clara e o dia em que comeu uma deliciosa panelada.

De repente a porta se abriu, e uma luz invadiu o ambiente. Uma luz vívida. Os profetas antigos diziam que uma luz sempre traz uma esperança. Em Aqui-Perto, havia uma variante empírica que dizia "uma luz só serve pra atrair inseto".

A luz não era Dona Rita, como pensara Zé Doca.

- Levante, cabra safado, o diretor ordenou que eu te leve para sua cela. Mas antes, vai apanhar um pouco, só pra não perder o costume. – disse Teixeira, aprumando o cassetete ameaçador que segurava com a mão direita.

CAPÍTULO 16

A estrela luminosa caminhava suavemente pelo horizonte quando os presos se dispersaram pelo pátio. Mais de mil homens dividiam o espaço diariamente, como selvagens que disputavam um território. A maioria, seminus, tinham a pele queimada e dilacerada pelas agruras do tempo. Os corpos esqueléticos denunciavam os maus tratos. A higiene era precária, a superlotação não exibia nenhum sinal de melhora e a situação tornou-se praticamente insustentável.

A insatisfação era unânime.

O diretor Epitáfio Oliveira Neto implantara, de maneira não oficial, um regime mais cruel e fascista dentro do presídio. Isso desde que retornara da última reunião que teve com o governador do estado, há três semanas. Justificou aos seus subordinados que houvera um corte no orçamento devido a uma crise financeira, embora estes não precisassem de nenhum motivo para afunilarem os detentos com mais rigor. A intenção real de Epitáfio, e isso ele dividiu apenas com o capitão Teixeira, seu homem de confiança, era diminuir a população carcerária colocando-os em condições subumanas até sucumbirem.

Nesse pequeno intervalo já haviam sido contabilizados cinco mortes. Os presos ameaçaram uma rebelião, contida, de pronto, pelos agentes. Contudo, havia um descontentamento geral. Uma preocupação tão pujante que fizera todos os grupos se unirem, esquecendo, temporariamente, as desavenças. Cada grupo elegeu seus representantes e juntos começaram a confabular.

Existia um plano de fuga.

Dois facínoras de cada pavilhão ficaram responsáveis por arquitetar o plano e repassar as informações aos demais. Era um plano de fuga em massa, e parecia pronto para ser executado. Zé Doca, recém-chegado da solitária, era o único que não sabia o que se passava. Ficara decidido na última reunião extraordinária que ele não seria incluído no plano, pois sua postura apática não era digna de confiança, o que foi contestado vagamente por Alicate.

O plano era verossímil, embora não denotasse nenhuma genialidade, e só poderia ser executado devido aos problemas de infraestrutura do presidio.

Consistia o plano em uma fuga em massa através de uma fresta desenvolvida na tubulação do esgoto do presídio. A falha fora descoberta no entroncamento das imediações do bloco três, onde seria realizado o encontro entre todos os envolvidos, na hora marcada. Os presos escavaram a estrutura com muito cuidado, de modo a não levantar suspeitas. Contudo, há dois dias o plano poderia ter fracassado quando o detento responsável pela vistoria no túnel, por um descuido, quase acabou soterrado, mas, ainda assim, conseguiu retornar ao pátio no exato momento em que era feita a contagem de presos por um agente penitenciário e que, por um descuido maior ainda deste, aliada a sua inaptidão para decorar números e feições, acabou não percebendo que o preso em questão pertencia ao bloco um, e não ao três, onde ele se apresentou.

O plano estava em ordem e seria executado naquela noite. Contudo, ainda restava um detalhe. Um detalhe tão importante e crucial quanto todo o resto do plano: as chaves das celas. A cúpula de elaboração do projeto de fuga inicial propôs que cada detento chegasse ao ponto de encontro a partir da própria cela. Para isso deveriam cavar um buraco na parede de cada compartimento e, após, romperem o bloqueio de grades do pátio externo, para assim alcançar a tubulação, mas o plano, além de arriscado era despiciendo e, por conta da crise institucional, não haveria os instrumentos de que precisavam em quantidade suficiente disponíveis no mercado negro. Com a impossibilidade de execução, o plano sofreu uma alteração. Decidiram furtar as chaves. Entretanto o guardião das chaves das celas era o temido capitão Teixeira.

O capitão estava sempre vigilante e mantinha os olhos tão aprumados quanto seus braços espaçosos.

Ninguém arriscava tomar-lhe às chaves.

Não era possível, pelo menos sem que ele notasse.

Os rebeldes então passaram a deliberar demasiadamente sobre a questão e após muita discussão, uma ideia pousou no ambiente, acalmando os ânimos.

Nesse momento Zé Doca passara a fazer parte do plano de fuga.

Seria ele a isca a atrair o capitão Teixeira.

A isca perfeita, já que desconhecia totalmente o que estava por acontecer.

O desafortunado, carregando seu já habitual semblante apático e pálido, caminhou pelo pátio em círculos, tomando cuidado para proteger o antebraço direito, coberto por uma casca remelenta. Nem o pouso das moscas que lambiam suas feridas parecia incomodá-lo. Um odor extremamente forte misturava-se ao suor que irrompia do seu corpo. A camisa parecia recém-tirada de um funil, sem nenhum cuidado. A calça de algodão barato arrastava-se pelo chão, folgada, de modo a exibir uma parte do seu quadril esquizofrênico. O aspecto abandonado em muito se assemelhava ao de um andarilho que há muito não encontrava um abrigo. Antes de completar mais uma penosa marcha, um homem aproximou-se freneticamente. Mesmo descalço, os passos largos e pesados causavam um razoável tremor no chão. O homem, ao alcançar a distância que julgou sensata, articulou o corpo e lançou o punho direito com extremo vigor, acertando em cheio a face de Zé Doca, que rodopiou como uma bola de pingue pongue arremessada violentamente ao solo pelo jogador que acabara de ser sagrado campeão de uma partida disputadíssima. O som estridente provocado pela queda do desafortunado despertou a atenção de todos, inclusive dos agentes penitenciários que papeavam do lado de fora das grades. O golpe provocou uma abertura no supercilio esquerdo.

- Arre égua, macho, o que foi que eu fiz, oxi?

O homem ignorou Zé Doca e fitou o rosto de um outro detento, que parecia comandar o espetáculo. O dois fizeram um sinal que fora perfeitamente compreendido pelos outros confabuladores.

- Levante, e brigue comigo! – disse o homem, com os olhos agora fixados em Zé Doca.

- Oxi, ma-mas por quê?

- Anda, homi! – ordenou ele, puxando Zé Doca pelo colarinho surrado da camisa.

- Ca-Calma.

- Me bata! Faz alguma coisa ou tu vai apanhar sozin.

- Bater o sinhô?

- É.

- Na-não, sô. Num tenho motivo pra lhe bater não. – falou Zé Doca, analisando milimetricamente o homem.

- Bem, eu avisei. – concluiu, desferindo um novo golpe em Zé Doca.

Os detentos se aproximaram, envolvendo os contendores em uma espécie de arena improvisada. Capitão Teixeira emitiu um silvo e os seus subalternos prontamente responderam. Os portões foram abertos e todos entraram no recinto com os cassetetes em mãos. No tumulto, um homem tropeçou, levando seu corpo de encontro ao capitão que prontamente reagiu.

- Parem com isso! – ordenou o capitão.

O homem que havia tropeçado guardava um objeto com extrema cautela, na mão direita. Sinalizou para outro detento, que aproximou-se, recebendo o objeto e levando-o até um outro individuo, que se manteve um pouco afastado da baderna. O objeto era o conjunto de chaves que abriam as celas dos pavilhões. Havia sido tomada furtivamente de Teixeira no momento da invasão, sem que este percebesse. Com os olhos atentos, o indivíduo envolveu o jogo de chaves em uma massa acinzentada, tomando cuidado para extrair uma forma plausível. Após, devolveu-as ao portador, que de uma forma absolutamente discreta, realocou-as na cintura de Teixeira.

Os presos se entreolharam, emitindo alguns sinais incompreensíveis com a face, mas que certamente significavam algo na linguagem que lhes era própria.

O plano deu certo.

A fuga ocorreria naquela noite.

Segundos depois, os agentes conseguiram conter a algazarra. Dezenas de presos foram gravemente feridos, mas, ainda assim, ostentavam um semblante que conseguia esconder a dor. Um sorriso taciturno contagiou os detentos. Teixeira, com o rosto corado e repleto de veias expostas, direcionou todo seu ódio para Zé Doca.

- Você! – gritou ele.

- Hã? – indagou Zé Doca, ainda tentando recuperar-se da surra que acabara de levar.

- Foi você quem começou isso. Ah, mas tu vai pagar muito caro. Levante-o, agente Osório. Esse infeliz vai ter uma conversinha particular com meu cassetete, antes de retornar para a solitária.

CAPÍTULO 17

Itamar Petrusco estava exausto. Sentou-se no banco da praça central de Aqui-Perto totalmente entregue. Os olhos apregoaram o horizonte misteriosamente. A mão direita, enfiada dentro do bolso da calça, escondia as marcas do labor. Sibilou um cigarro por entre os dentes, puxando o ar bem forte a cada vez que tragava. A fumaça misturava-se ao ar, disfarçando um pouco o mau cheiro que rodeava o local naquele instante, provavelmente devido ao esgoto a céu aberto que falecia no meio-fio, ou às carnes estragadas que formavam o lixo do açougue, ou aos urubus que àquela hora descansavam sobre a igreja, ou à mistura de tudo.

O cansaço revelado em sua silhueta havia quase lhe vencido, não fosse a ideia fixa que ocupava sua mente: salvar Zé Doca.

Desde que seu melhor amigo fora preso, Itamar matutava teses que pudessem inocentar o desafortunado. Acreditava veementemente que Zé Doca não tinha nenhuma ligação com o misterioso homicídio do Senhor Antunes. Acreditava também que a arma do crime não era dele e que o local pode ter sido propositalmente alterado. Acreditava que seu amigo era vítima de alguma conspiração poderosa. Acreditava também em papai Noel, embora isso não tenha qualquer relevância.

Itamar conhecia a personalidade e o caráter do rapaz, como poucos. Além disso, confiava na sua habilidade de selecionar amigos e, já que Zé Doca havia sido o primeiro a passar em seu teste, não havia motivos para desconfiar. Contudo, embora Itamar madrugasse dias a fio em busca de algo que pudesse amparar sua tese, não houve nenhum progresso visível, a não ser, claro, o avanço das marcas de expressão que lhe subiam a face. Tentou ajuda em todos os lugares que achou que pudesse encontrar, sem êxito. Ninguém estava disposto a ajuda-lo. Nenhum cidadão aquipertense sentiu-se tentado a investir na defesa de Zé Doca. Ninguém ousaria testemunhar a favor daquele pobretão, em detrimento da respeitada família Bavariano. Ao que parecia, toda a população de Aqui-Perto tinha proferido seu veredicto: Zé Doca estava condenado ao decesso e a todas as mazelas que o resto de sua vida infeliz pudesse lhe propiciar.

Itamar lutava silenciosamente, sabendo que a força a qual se opunha era infinitamente superior à sua. Era o único a segurar o outro lado da corda, quando todos puxavam-lhe, firmes. Seu corpo estava visivelmente entregue, cansado das noites sem dormir e da alimentação precária. Talvez fosse a hora de se entregar. Deixar-se vencer, juntar-se aos demais. Então, enfim, poderia repousar.

Era o que o seu corpo pedia.

Mas a sua mente continuava com uma ideia fixa, como uma barreira intransponível. Não poderia ceder. Seu melhor amigo precisava dele.

Estava decidido.

Iria salvar Zé Doca.

Ou, ao menos, tentaria...

CAPÍTULO 18

Menos de quatro horas depois da fuga, todos os presos haviam sido capturados e reconduzidos à Penitenciária Estadual. Os agentes carcerários, em parceria com as policias civil e militar diligenciaram por toda a madrugada, comungando do mesmo objetivo, como poucas vezes se via. Todos buscavam, mais do que apanhar os fugitivos, a glória e a honra de terem suas imagens veiculadas pela mídia como peças fundamentais para o encerramento daquela que era, de longe, a maior fuga já ocorrida desde a fundação daquele presidio. Os jornais e emissoras de rádio e televisão não tardaram. Alguns ainda conseguiram cobrir a segunda metade das buscas em tempo real, noticiando tudo que acontecia por todo o estado. A população acompanhava a tudo, estupefata. Tinham receio de que os presos obtivessem êxito e ingressassem no meio social, aterrorizando a todos, afinal, entre os presos, estavam os mais terríveis criminosos que se pudesse mensurar.

A fuga ocorrera quando o ponteiro já alcançava a terceira volta do dia. Todos os presos haviam se reunido, conforme o planejado. Avançaram pelas imediações do pátio, tomando cuidado para que nenhum agente percebesse. E, de fato, ninguém percebeu, haja vista que os únicos dois agentes que ocupavam as guaritas dormiam tranquilamente naquele instante. Um deles, inclusive, colocara um boneco de pano em tamanho real sentado na cadeira, com a arma entre os braços, para que assim pudessem descansar melhor se esticando pelo chão.

Os mais de mil presos ingressaram nas tubulações dos esgotos e seguiram decididos. Não houve muita reclamação, até porque o ambiente exalava um cheiro consideravelmente semelhante ao que se acostumaram nas celas. A travessia levou alguns minutos e logo todos estavam fora dos muros da penitenciária. Havia uma longa mata fechada pela frente, além de alguns rochedos. O terreno era bastante íngreme. Não existia dúvidas de que os fatores ambientais, aliados à escuridão que dominava o ambiente, dificultaria em muito a fuga. Contudo, um dos líderes do plano possuía mapas que traçava as rotas de fuga. Ao todo eram três mapas, um para cada grupo. O primeiro indicava uma rota de fuga pelo rio Parnaíba, até alcançar o estado do

Maranhão. Outro, traçava um longo caminho rumo ao oeste e o último desenhava o acesso ao sul do estado. Não houve consenso quanto à qual mapa seria entregue a cada grupo, o que gerou uma discussão. Foi neste momento que o plano começou a fracassar.

- Deuzulivre de fugir pro maranhão. Tá doido? Nós vamu tudim morrê afogado. Nam, pode me dá o outro mapa ai – disse o líder do pavilhão um.

- Tá doido? Os mapa foram tudo sorteado, do jeito do combinado. Num tenho culpa se ocê num sabe nadar – retrucou o líder do pavilhão dois.

- Quem disse que eu num sei nadar? Tá querendo morrer é?

- Calma pessoal, oxi. A gente tem que focar no plano.

- Tu diz isso porque pegou o melhor mapa. Cabra safado, isso tá com cheiro de tramoia.

- Que tramoia? Tá dizendo que num sou de confiança é?

Na medida em que os ânimos se acirravam, o barulho do lado de fora do presídio era cada vez mais audível.

Capitão Teixeira, que naquele instante perlustrava uma partida de dominó entre dois agentes, percebeu alguns ruídos externos e decidiu investigar. Prendeu o cigarro entre os dentes, ainda apagado, e passeou pelo pátio. A lanterna auxiliava a investigação por onde a iluminação do prédio não alcançava bem. De repente os olhos se esbugalharam. O cigarro fora arremessado para longe. Um misto de sensações invadiram Teixeira quando ele avistou as grades rompidas. O corpo vacilou por um instante. As mãos estavam frias e, enquanto uma deixava cair a lanterna, a outra procurava o apito que trazia no bolso da calça.

Um silvo estridente fora ouvido.

- Código 112! Código 112! – gritava ele.

Os guardas que ocupavam as guaritas acordaram e se puseram de pé, em um salto. O agente da guarita ao norte ainda teve a preocupação de esconder o boneco, antes de atender ao chamado. Os guardas que ocupavam o centro administrativo rapidamente alcançaram o pátio.

- Código 112!

- O que diacho é significa o código 112? – cochichou um agente, tomando cuidado para que o capitão não lhe ouvisse.

- Rapaz... sei não, ó. Sei não...

- Código 112! Os presos fugiram!

Um agente aproximou-se de outro e deu-lhe um safanão.

- Argh!

- O que foi isso, agente Mendonça? – perguntou o capitão.

- Ué, o sinhô disse código 112, num foi?

- Sim, seu idiota. Ocê ao menos sabe o que isso significa?

- Oxi, sei sim, sô. Significa que a gente pode batê noutro companheiro, sem nenhum motivo. Pelo menos é o que eu lembro de ter visto no manual...

- Não é isso, sua anta. Este é o 212. O código 112 significa que os presos fugiram. FU-GI-RAM!

- Fu-fugiram?

- Sim. O que estão esperando? Vamos atrás deles.

As sirenes de alerta foram ligadas. Do lado de fora, os presos cessaram a discussão tão logo ouviram os sons. O líder do pavilhão dois, talvez o mais sábio dos presos, manteve-se sereno, antes de proferir algumas palavras.

- Eita porra, fudeu. Corre negada.

Os presos se espalharam, em desespero. Não havia mais planos. Os mapas foram deixados para trás.

Poucas horas depois os agentes penitenciários, com o auxílio dos órgãos de segurança pública estadual, conseguiram cercar e capturar todos os presos, reconduzindo-os ao presídio, à exceção, claro, das dezenas que morreram no confronto.

A imprensa, que antes destacava os esforços das policias, agora atacava a secretaria de segurança pública e o sistema penitenciário do estado pela truculência da operação.

Não havia ninguém mais furioso do que o diretor do presidio.

Epitáfio Oliveira Neto convocou uma reunião fechada com seus agentes. Aplicou uma sanção a todos os agentes penitenciários, estivessem ou não de plantão no momento da fuga. A imprensa se aglutinava do lado de fora a espera de alguma justificativa para o ocorrido. O diretor, contudo, não se pronunciou. Do lado de dentro, uma equipe trabalhava na reparação das grades que foram destruídas pelos criminosos, enquanto outra providenciava a substituição de todas as fechaduras e cadeados de todos os pavilhões. Os presos se amontoaram no pátio, sob a vigilância atenta de dezenas de policiais fortemente armados, além de alguns agentes carcerários. Epitáfio entrou no pátio, escoltado por capitão Teixeira.

Todos silenciaram.

Os presos mantiveram-se cabisbaixo, de modo a evitar a expressão furiosa que se somava à face do diretor, embora, ainda assim, pudessem senti-la. Epitáfio estacionou de frente aos detentos. Manteve a postura ereta. Observou por um instante a lista de contagem de presos, que tinha lhe sido entregue, aprumando os óculos.

- Está faltando um preso.

- O preso que falta está na solitária, senhor diretor. – disse o agente.

- E você por acaso já foi conferir a solitária?

- Sim, senhor. Ele continua lá.

- Ótimo.

Epitáfio lançou os papéis ao chão. Todos estavam apreensivos. O ambiente foi novamente tomado por um silêncio aterrador.

- Como fizeram isso? – questionou, em voz alta.

Nenhuma resposta.

- Vou perguntar mais uma vez, e caso não haja nenhuma resposta, todos vocês serão severamente torturados, e, claro, não me importaria se, durante a tortura, viessem a morrer, afinal, o presidio está superlotado mesmo. Seria uma boa ideia, não é, capitão?

- Sim, senhor diretor – confirmou Teixeira.

- Pois bem, então, vou perguntar de novo, e espero ouvir uma resposta. Como vocês fizeram isso? Como fugiram da minha prisão?

Ninguém respondeu. Epitáfio aguardou alguns segundos, contudo, não era um sujeito reconhecidamente tolerante.

- Pois bem, capitão, amarre a todos e...

- Pegaram as chaves das celas, sinhô – interveio um preso.

- Como é?

- Pegaram as chaves de todas as celas. As chaves que ficam com o capitão Teixeira.

- O quê? Mas, as chaves tão comigo, seu biruta. Tá doido.

- Sim, mas elas foram tomadas do sinhô e devolvidas em pouco tempo, durante a confusão de ontem. Mas eu não tenho nada a ver com isso. Não me mate por favor.

- Quer dizer então que alguém de vocês tomou as chaves que estavam com o capitão Teixeira e fizeram cópias para que pudessem fugir do presidio?

- Sim, sô.

- Humn, então, me diga quem foi.

- Na-não sei, sô.

- Acho que você sabe, seu verme.

- Eu juro, sô.

- Pois bem, se ninguém aqui disser quem fez isso, todos irão pagar.

Os policiais posicionaram as armas.

- Quem fez isso?

- ZÉ DOCA! – responderam, unanimemente.

O capitão Teixeira seguiu para a solitária, apressadamente.

CAPÍTULO 19

Uma semana após o episódio da fuga dos presos da penitenciária estadual, os noticiários pareciam ter esquecido o registro histórico. As rádios e televisões abandonaram o tema, preferindo outros mais banais e que, contudo, revelava melhores índices de audiências. Nenhuma nota nas longas páginas policiais dos periódicos tratava do tema a não ser no jornal Pomba-Gira, em Aqui-Perto. O periódico destacava em suas matérias a periculosidade do assassino do Senhor Arnaldo Antunes Bavariano. Destacavam em todas as capas, desde o dia do incidente, Zé Doca, em uma foto exclusiva tirada, não se sabe como, dentro do presidio. Apontado como o idealizador da fuga, o desafortunado, que já não era bem visto pela população de sua cidade natal, agora era incontestavelmente o mais odiado dos filhos daquele solo. Mafuá bandeira, líder do Partido Esquerdista Bipolar Aquipertense – PEBA – aproveitou-se para conclamar ao povo a sua causa. Chico Perniz, por sua vez, criticava publicamente o Pomba-Gira, além da campanha de seu opositor. Os ânimos se acirravam na exata medida em que se aproximavam as eleições.

Na penitenciária houve uma mudança programada na rotina dos detentos. Os banhos de sol foram reduzidos. O trabalho passou a ser obrigatório à todos o preso, inclusive os do regime semiaberto. As refeições foram substancialmente diminuídas, tudo por ordem de Epitáfio Oliveira. Ninguém, contudo, fora mais penalizado do que o desafortunado Zé Doca. Desde o incidente da fuga, o rapaz permanecia enclausurado na cela solitária. Era diariamente atacado, espancado, abalado furiosamente em sua honra. Após a sessão de tortura, seu corpo era arrastado pelos corredores dos três pavilhões, como forma desestimular os demais detentos.

Zé Doca estava entregue. Suplicou pela morte desesperadamente, mas nenhum ser das trevas ouvia seu pedido. Cogitou suicidar-se, mas, ainda que possuísse a coragem necessária, lhe faltava toda a força.

Os melhores momentos eram os poucos em que podia descansar, sozinho, em seu clausuro. A mente ocupava-se com uma inquietação degradante. A audição o traia frequentemente, pregando algumas peças repetitivas. Todas as noites - embora não fosse possível a ele distinguir os períodos diários – seus olhos enxergavam a imagem de sua avó, ao fundo. O semblante era sempre singular. Os dois se entreolhavam por alguns minutos, até que a imagem desaparecia. Naquele dia, porém, a imagem apareceu serena, e despediu-se com um sorriso enérgico. Zé Doca entendeu como um sinal dos céus. Haveria chegado a hora de ele se juntar a sua amada avó. Fechou os olhos e aguardou, ansiosamente.

A Porta se abriu.

Zé Doca irritou-se.

- Zé Doca?

- Humn? – murmurou ele, sem forças.

- Levante-se.

- Eita que aqui ninguém pode nem morrer em paz.

- Levante-se agora. Você será levado para Aqui-Perto. Seu julgamento está marcado para amanhã.

PARTE III

CAPÍTULO 20

A charrete da Penitenciária Estadual cortava a estrada bastante otimista, deixando para trás um rastro de poeira densa. A viagem era deveras longa e recaiu sobre Osório e outros dois agentes a missão de escoltar Zé Doca até a delegacia de Aqui-Perto. A probabilidade de que a comitiva sofresse algum atentado era enorme e o caso deveria ser tratado de forma absolutamente profissional, afinal, a população de todo o estado aguardava ansioso o julgamento do elemento que era acusado de ter assassinado o chefe da família dos Bavariano. A neblina densa diminuía a visibilidade. As arvores lacrimejavam algumas poucas folhas secas que tentavam resistir. A estrada era deserta e monótona, quase um convite à loucura. Osório conduzia a marcha num silêncio mórbido. Um dos agentes, talvez tomado por um intenso fastio, julgou ter visto algo incomum nos céus.

- Rapaz, Chico, diacho é aquilo ali macho? – disse ele, apontando para cima.

- Aquilo o quê, João?

- Lá em cima, homi. Um negócio véi preto, se mexendo, tá vendo não? – insistiu ele.

- Égua macho, é mesmo, ó.

- Arre, deve ser aqueles negócio de disco voador.

- É mermo, ó. Rapaz, eu sabia que esses bicho existia.

- Oxi, existe macho. Um dia eu vi um foi dentro do meu quarto.

- No teu quarto?

- Aham.

- Oxi, e como foi que ele pousou, macho?

- Sei não, homi. Quando eu acordei o bichão já tava lá dentro. Ai eu me invoquei. Tinha dois monstro réi cinza lá. Rapaz, eu não contei conversa, peguei a peixeira que tava embaixo do colchão e parti pra cima ai os bicho saíram tudo avoado. Pense numa carreira.

- E foi?

- Foi moço. Olha ali em cima como bicho é ligeiro.

Osório continuou indiferente, contudo, não demorou para que fosse envolvido na discussão.

- Sô Osório, tá vendo aquele disco voador? – indagou Chico.

- Hã?

A história do universo era particularmente confusa, especialmente para os habitantes daquela região, que não tinham contato com grande parte das informações que circulavam no sul do país. Algumas pessoas acreditavam que tudo era fruto de uma grande explosão o que ocasionou sérios problemas já que os mais radicais começaram a explodir coisas que normalmente não foram feitas para explodirem, gerando problemas maiores. Outros acreditavam que tudo era obra de uma divindade, embora nunca se entrou em consenso quanto ao nome que lhe atribuiriam. Por fim, existiam a corrente que defendia que o planeta terra nada mais era do que uma piada de mau gosto, um lugar criado por alienígenas para fazerem experimentos tecnológicos e sociais, alguns de cunho científico e outros puramente por diversão, como por exemplo, formar par de seres humanos (ou trio, ou seja lá quantos forem) e obriga-los a dividir o teto, as despesas e as receitas, enquanto tentam criar um filho segundo os mandamentos daqueles adeptos das outras correntes.

- Disco voador. Aquele bicho preto lá no céu?

- Humn, isso num existe não.

- Existe sim, olha lá. E ele tá vindo em nossa direção.

Osório, erguendo os olhos desinteressadamente, percebeu a aproximação do objeto. Chico e João estavam agitados. Seus corpos tremulavam. Um suor frio invadiu o semblante pálido de ambos, forçando-os a iniciar uma oração mal improvisada. Osório era o único a encarar o objeto que se aproximava freneticamente.

- Ai meu Padim Ciço, num me deixa morrer não – rogou, Chico.

- Deixem de ser medroso seus cabras frouxo – disse Osório.

O objeto se aproximou, passando na lateral da estrada, por entre as árvores secas, seguindo percurso em caminho oposto ao da comitiva.

- Rum, num disse que esse negócio num existe. Era só um urubu. Deve ter se perdido do bando. Deixem de tremilique e se concentrem, estamos chegando na cidade.

Os dois agentes, aliviados, retomaram sua posição. João, após um breve silêncio, insistiu no assunto.

- Rapaz, macho. Sorte deles que num era disco voador, porque eu já tinha puxado o cassetete aqui moço. Ia botá era pra matar mesmo moço, tu viu Chico?

- Vi moço, eu também tava aqui preparado pra na hora que tu agarrasse o bicho eu quebrar logo as asas.

- Pois é...

Minutos após o incidente, surgiu no horizonte um emaranhado de casas desordenadas indicando que haviam chegado ao destino.

Vista de longe, Aqui-Perto denotava certo grau de bucolismo e uma notável desorganização estrutural.

De perto, seria preferível continuar com a avaliação anterior.

A charrete cruzou as ruas tortuosas em marcha reduzida. Alguns postes anunciavam a chegada da noite com suas lâmpadas cor laranja-debochado. As casas, contudo, pareciam desabitadas. Os comércios estavam fechados, embora ainda fosse cedo para tanto. Nenhum transeunte fora avistado. Nem sequer o bebum que sempre àquele horário se colocava a dançar sozinho pela praça foi visto. A comitiva analisava a tudo metodicamente. Uma tensão rondava a atmosfera. Osório deu um sinal com a mão direita e a charrete prontamente obedeceu. Estavam diante da delegacia de Aqui-Perto. Embora não pudessem distinguir detalhadamente o prédio, não havia dúvidas de que fosse aquele o destino final da viagem, pois uma multidão tomava todo o quarteirão. Antes mesmo que a comitiva pudesse aproximar-se, os populares avançaram. Flashes oriundos das potentes máquinas fotográficas das equipes de notícias cortavam o ambiente.

- Assassino! Covarde! – gritava a multidão.

- Afastem-se! – ordenou o agente Osório, saltando imediatamente do cavalo - Temos um réu que precisa ser conduzido até a delegacia.

- Senhor, como está o elemento? Ele já confessou o crime ou insiste em sua inocência? – questionou um repórter, sem obter resposta.

O delegado Tião alcançou a comitiva, enquanto o cabo Amarante tentava conter os populares.

- Delegado Tião se apresentado.

- Prazer, delegado. Sou o agente Osório, e esses são os agentes Chico e João. Recebemos ordens para entregar a vossa senhoria um prisioneiro que aguarda julgamento nesta cidade, como o senhor deve saber.

- Sim, claro.

Chico e João abriram a porta da charrete e os flashes ficaram mais eufóricos. A população se espremia ferozmente. Zé Doca fora puxado bruscamente para fora. Camadas secas de produtos orgânicos enfeitavam suas vestimentas, fazendo crer que a viagem tivesse sido deveras exaustiva.

- Vamos, por aqui! – disse o delegado.

Zé Doca fora escoltado por Chico e João. Cabo Amarante tentava conter parte dos populares, enquanto o delegado acompanhava Osório na tarefa de abrir caminho.

- Por que você matou o Seu Antunes? Foi por causa do dinheiro? Das terras? É verdade que você é apaixonado pela filha dele? – indagava o repórter do Pomba-Gira, contudo, não obteve resposta.

- Assassino. Pena de morte pra esse vagabundo.

- Saiam da frente! – bradava o delegado, utilizando seus braços volumosos para repelir quem tentava se aproximar demais.

Alguns objetos foram arremessados e um sapato acertou em cheio a face de Zé Doca. O delegado cortou o percurso com a arma em punho, ameaçando atirar aleatoriamente. Apressou-se em atravessar a porta e, após a passagem do preso, fechou-a subitamente, isolando Amarante como único guardião do recinto. Zé Doca fora jogado na cela que já lhe era conhecida. Nada havia mudado, a não ser o mau cheiro que parecia ter ganhado um novo formato.

- Bem, nossa missão está cumprida. – noticiou Osório.

- Sim, meus amigos. Agradeço os serviços. Daqui para frente eu cuido desse elemento.

- Pois bem, sendo assim, devemos partir.

- Mas não vão ficar nem pra um cafézinho, sô?

- Agradecemos, mas não há tempo, delegado. Temos que voltar ao presidio.

A porta fora aberta e a multidão precipitou-se, sendo novamente contida pelo delegado. Os agentes penitenciários seguiram em direção a charrete, e, com algum esforço, conseguiram bater em retirada. Naquele mesmo instante a multidão ficara silente, e os flashes mudaram de direção. Formou-se uma extensa passarela de onde se viu desfilar um sujeito bem vestido acompanhado de outros dois que, contrariamente, não pareciam muito bem entendidos de moda.

- Prefeito Chico Perniz! – exclamou o delegado.

- Delegado Tião Cintura, dê-me cá um aperto de mão. – disse ele, com o semblante bastante eufórico.

Os dois trocaram um aperto de mão caloroso, seguido por um forte abraço. Os fotógrafos não deixavam escapar um movimento, sem receio de que acabassem os filmes das maquinas, privando-lhes de algum momento.

- O meliante já chegou? – perguntou o prefeito.

- Sim, está lá dentro, na cela.

- Ótimo. Não poderia estar melhor vigiado do que sob a custódia atenta de vossa senhoria, delegado.

- Obrigado, dotô prefeito!

- E digo mais – prosseguiu Chico Perniz, aumentado o timbre, eloquentemente. – a população de Aqui-Perto dormirá hoje feliz. As medidas tomadas em nosso governo foram bastante enérgicas de modo a coibir a violência, de modo que um caso isolado, como o terrível assassinato do Senhor Antunes devem ser reprimidos imediatamente. Não podemos permitir que pessoas como este elemento que se encontra aqui preso – disse, apontando para o prédio da delegacia – possam conviver em nosso meio, destruindo nossas famílias e ameaçando a paz e a tranquilidade de todos.

- É isso ai, meu prefeito! Ocê é o cara mermo, tô dizendo. – gritou alguém, seguido por uma multidão de aplausos.

- Esperaremos agora uma resposta à altura da justiça, para que possa apenar de modo severo o elemento que ceifou a vida de um dos homens mais brilhantes que esta cidade já viu.

- Isso são horas para politicagem, prefeito? – indagou uma voz.

Era Mafuá Bandeira. Havia surgido por entre a multidão. O prefeito vacilou por um instante.

- Politicagem é o que você faz, tentando jogar a população contra o meu governo, seu comunista desmiolado.

- Não confunda as coisas. É o seu próprio governo que está contra a população, sustentado a alto custo um criminoso irrecuperável, enquanto o povo de Aqui-Perto está ai desprotegido, totalmente entregue a sua própria sorte.

- É isso ai, Mafuá!

- Mas nós estamos cansados. – continuou. – a população não aguenta mais. Está na hora da mudança. Eu tomarei este poder que hoje você tem nas mãos e entregarei ao seu legitimo dono: o povo.

A multidão estremeceu. Os debates foram engolidos pela voz estridente que clamavam desorganizadamente.

Do lado de dentro, Zé Doca tentava esquecer o dia vindouro, quando seria entregue ao tribunal. Seu destino estava nas mãos de sete cidadãos que comporiam o júri.

- Valei-me meu Padim Ciço, tô lascado.

CAPÍTULO 21

Meia hora antes do horário marcado para o início do julgamento uma multidão já povoava o exterior do Fórum de Aqui-Perto. Uma fila formou-se ainda pela madrugada, disputando um assento que lhes possibilitasse testemunhar o tão aguardado desfecho do caso que abalou a cidade. Aproveitando-se da situação, um indivíduo que julgava-se visionário, montou uma barraca para venda de café da manhã, lanches e, se necessário, refeições improvisadas. A ideia foi copiada por vários outros indivíduos que a julgaram boa o bastante, e logo haviam mais de uma dezena de barracas exprimidas, tentando atrair a atenção do público.

As ruas foram tomadas por mágicos, malabaristas e pedintes habituais. Todos os tipos de produtos e serviços eram ofertados com afinco, mas ninguém, por mais oportunista ou corrupto que fosse, cogitava vender uma coisa: um assento no auditório do fórum.

O auditório tinha formato retangular e o acesso público se dava por uma porta de correr, moldada em ferro e vidro de qualidade contestável, que parecia ter sido feita propositalmente para desagradar a vista de quem observasse.

Dezenas de cadeiras foram dispostas em filas simétricas. Ao fundo, após o cancelo, havia uma mesa de madeira imperial. O juiz de direito tomou o assento central, em uma poltrona suntuosa, que não deixava dúvidas sobre qual cargo ocupava o figurão. Ao seu lado esquerdo, duas outras poltronas, evidentemente mais simples, foram ocupadas, uma pela oficial de justiça e outro pela escrivã.

Olegário Parente ocupou o assento destinado a promotoria, ao lado direito do juiz, e mantinha a atenção em papéis dispersos à mesa, com o semblante mais ranzinza do que lhe era comum, provavelmente porque acompanhar aquele caso, que era mais complexo do que os que lhe eram comum, exigiu-lhe mais esforço do que lhe era comum, forçando-lhe a dormir menos do que o habitual.

Do lado oposto da sala havia uma mesa um pouco mais discreta e, à exceção de um lápis desgastado que pairava sobre ela, estava completamente vazia. Era o assento destinado a defesa do acusado.

As fileiras iniciais do auditório foram ocupados pelos figurões da cidade. Comerciantes, vereadores e familiares da vítima se espremiam em cadeiras que condenavam aqueles que estavam acima do peso. Chico Perniz lançava algumas frases de efeito a seus correligionários no salão, e, vez ou outra, era abafado pelos discursos irônicos de Mafuá Bandeira, sentado à quatro cadeiras de distância do prefeito. Damásio Guedes, prefeito de Logo-em-Seguida ocupou um lugar de destaque, próximo a primeira-dama de Aqui-Perto, sua irmã Ana Cláudia. O deputado Wallace Santos Neto e o vereador Tilápia também o acompanhava. Diga-se de passagem, o deputado quase não conseguiu acesso às dependências do fórum. Fora muito interpelado pela população quando desceu do veículo, um Fiat Chrysler nunca visto na região. Como manda o manual do bom político – e aqui o termo bom é utilizado como sinônimo de experiente e demagogo -, o deputado distribuía sorrisos e apertos de mão por onde passava e assediava cada criança em busca de uma foto. Rodeado de seguranças, fez um discurso prometendo obras para a região. Falou em implantação de rede de esgoto, energia elétrica para toda a zona rural, estradas, pontes além da construção de um shopping center. O povo aplaudiu, embora tivesse ficado confuso quanto ao que de fato seria um shopping center. Após o discurso a comitiva lhe deu um banho de álcool em gel, antes de seguir para a primeira fileira do salão.

- Eita que pobre, fede, né? Pense numa catinga. Minha filha, - disse baixinho, a meia distância de uma das suas assessoras - esse negócio de álcool em não é suficiente não. Vá buscar meu Hugo Boss, por gentileza. Aquele do vidro preto.

- Pois, não, deputado.

Damásio Guedes ocupara seu assento com bastante disposição. Exibia um traje elegante em cores sóbrias

- Chico Perniz, meu prefeito majestoso, quanto tempo, como andas?

- Que satisfação lhe rever, nobre amigo Damásio. Uma pena que seja nessas circunstâncias.

- É... uma pena que seja nessas circunstâncias – sibilou Damásio Guedes.

Dona Isaura sentou na primeira fileira, em posição de destaque. Mantivera-se cabisbaixa, evitando trocar olhares desconfortáveis com os curiosos. Duas senhoras de meia década de vida aproximadamente seguravam-lhe a mão, fortemente. Não havia palavras a serem trocadas, apenas aquele aperto de mão, que irrompia o salão em frenesi. As primeiras fileiras foram completadas pelos demais familiares e amigos dos

Bavarianos, que em sua maioria eram fazendeiros ou empresários ou políticos ou ambas as coisas. A ausência de Maria Clara fora notada por todos, mas ninguém ousou comentar a respeito. Provavelmente algum imprevisto contivera-lhe na capital, ou no percurso, ou a ideia de assistir o julgamento do suposto assassino do seu pai não lhe encantava.

O Juiz bateu o martelo.

- Ordem! Ordem!

O salão quedou-se.

O oficial de justiça colocou-se de pé para narrar o esboço processual.

- Iniciaremos neste momento o julgamento do processo número zero zero zero zero um, que tem como autor o ministério público, sendo réu Manoel Alberôncio Leomar Miranda Clementino Furtado Oliveira da Silva Pereira...

- Quem? – interromperam os populares, atônitos.

- ... vulgo Zé Doca!

- Ah, sim! – contentaram-se.

- O réu é acusado de ter cometido homicídio, na modalidade qualificada, em desfavor da vítima Arnaldo Antunes Bavariano. Narra a denúncia que, na madrugada de trinta e um de maio para primeiro de junho o acusado, mediante emboscada, teria desferido cinco golpes de faca na vítima, levando este a óbito. O ministério público pleiteia a condenação do réu à pena de morte, conforme prevê a legislação para o crime de homicídio qualificado.

- Muito bem – interrompeu o juiz-, os jurados estão todos presentes?

- Sim, já fiz o pregão, Excelência.

- Ótimo. Tragam o réu!

Os presentes esticaram o pescoço em direção a porta de entrada. Um silêncio piedoso abraçou o lugar, afetando a ordem natural e a substância das coisas. Todos prenderam a respiração e mantiveram-se estanque, concentrados em seus campos visuais. Os relógios corriam silentes. O pouco vento que ousava preencher o ambiente pouco tempo atrás havia partido sem qualquer argumentação. Não se ouvia os pássaros, nem os cavalos, nem nada.

Era um silêncio visível, palpável e só fora rompido com os passos apressados dos policiais que arrastavam Zé Doca corredor adentro. A medida em que avançavam, os populares acompanhavam, demonstrando boa elasticidade na região anterolateral do pescoço.

O indivíduo passou cabisbaixo e foi colocado em frente ao juiz presidente da sessão, com os pulsos envoltos em algemas metálicas. O silêncio retomou o ambiente e só foi irrompido pela queda assíncrona do suor que escapava da face do sujeito, espalhando-se após o contato com o chão. Zé Doca estava trêmulo. O corpo vibrava em um ritmo desinteressante. Só ergueu a cabeça quando ordenado pela autoridade.

- O senhor se chama Manoel Alberônico? – perguntou, fitando o meliante.

- Não cha-chamo não dotô, os outro é que me chama. Na verdade até eu as vezes esqueço meu nome, porque me conhecem mais é pelo apelido mesmo – respondeu Zé Doca, tímido.

- Seu apelido seria Zé Doca?

- Isso mesmo, dotô.

- Pois bem, Senhor Zé Doca, está ciente da acusação que lhe foi imputada pelo ilustre membro do parquet?

- Quem?

- Pelo ministério público. Está ciente da acusação?

- Tão dizendo que eu matei o Sô Antunes, né isso dotô?

- Exato. Como o senhor se declara da acusação?

Zé Doca olhou para os lados e recebeu todos os olhares, em retribuição.

- Sô i-i-inocente, dotô. Jamais eu faria isso com sô Antunes. Num tenho coragem de matar nem uma mosca, que dirá uma pessoa.

- Mentiroso! Vagabundo! Assassino! – gritaram alguns populares.

- Silêncio! – ordenou o juiz.

- Pois bem – prosseguiu -, já que se declara inocente, o julgamento continuará com a oitiva das testemunhas e o seu interrogatório, procedendo-se os debates pela acusação e defesa, até o julgamento final pelos jurados. Você possui advogado?

- Adévogado?

- Isso. Você tem advogado?

- Tenho não, sinhô...

- Nesse caso, devo determinar a Defensoria Pública que realize a sua defesa. Escrivão, faça constar em ata que...

- Excelência, pela ordem, o réu possuí advogado – gritou uma voz.

O Juiz rastreou a voz e identificou sua origem.

- Como disse, senhorita?

- Apresento-me a este honrado Tribunal. Dra. Maria Clara Bavariano, advogada. Quero que faça constar nos registros que o patrocínio da defesa será feita por mim, se o réu concordar, é claro.

CAPÍTULO 22

O último dia do mês de maio coincidiu com o fim da vida do senhor Antunes. Começou seco como todos aqueles que lhe antecederam, mas havia algo diferente naquele dia.

Era uma sexta-feira.

Não que houvesse algo especial em uma sexta-feira no campo, mas é importante situar o leitor no espaço e tempo.

O Velho levantou ao tintilar da quinta hora, como de costume. Espreguiçou-se e fez movimentos lentos que alcançaram todo a vértebra. Se sentia especialmente saudável e caminhou um pouco aos arredores da mansão, admirando suas terras até onde a vista decadente pelos anos de uso lhe permitia, antes de tomar o café da manhã.

Naquele dia Dona Isaura parecia mais introspectiva do que lhe era natural. Bebia o chá sem pressa. A mão trêmula esforçava-se para segurar a xícara enquanto os lábios abriam-se lentamente, buscando força nos pulmões pra amornar o liquido.

- Estou indo à cidade tratar de uns assuntos, mas não me demoro. Precisa de algo de lá, minha mãe? – indagou Sr. Antunes.

- Não, meu filho.

- Nesse caso, já vou.

- Tenha cuidado. – disse, melancólica.

O percurso para a cidade era incômodo, embora rotineiro. Vários minutos de uma paisagem estática acompanhavam os integrantes da charrete. O semiárido exibia sua marca com esplendor, entregando uma mata rala uniforme que cedia, vez ou outra, para algum brejo que teimava existir. Senhor Antunes não gostava de conversar, a não ser que fosse extremamente necessário e naquele momento não havia nenhuma necessidade disso. Todos sabiam para onde estavam indo e exatamente o que deveriam fazer. Petrônio puxava a charrete sem bruxulear. Não é arriscado dizer que aquela charrete, em especial, e aquele cavalo que a suportava, não precisavam de muita orientação acerca do percurso, repetido por muito mais vezes do que gostariam em suas intrépidas existências. Potrínio e Evaldo, no interior da charrete, completavam a cabine que escoltava um dos homens mais poderosos de todo o sul do estado.

A charrete bruxuleou quando a estrada de terra seca encontrou-se com o calçamento deformado que anunciava a chegada a cidade.

Após duas curvas rápidas a charrete parou rente ao vão de entrada da prefeitura. Os homens desceram, apressado.

O prédio ocupava lugar de destaque, ladeando a praça central. Construído antes mesmo da emancipação política de Aqui-Perto, o sobrado de dois pavimentos funcionou por mais de duas décadas como mercado público, servindo o sul do sertão. Com a emancipação o prédio foi restaurado para abrigar a governança. A fachada principal apresenta dois portas ao nível térreo, seis janelas e uma porta avarandada na parte superior. Todos os vãos abertos são em vergas retas. Sua cobertura em duas águas é protegida por platibanda recortada e com adornos. Nada tão sofisticado, porém é exatamente desta simplicidade que emana sua proeminência.

- Viemos falar com o prefeito. Anuncie a nossa chegada!

- Bom dia, senhor Antunes. Receio que ele esteja ocupado. – falou a secretária.

- Pois que desocupe agora. É urgente.

- Eu entendo, senhor, porém ele pediu pra não ser incomodado essa manhã. Está tratando de uns projetos importantíssimos para o município. Eu insisto que volte mais tarde, por gentileza.

- E eu insisto em tratar agora.

Os homens seguiram em direção ao gabinete do prefeito, sob as tentativas infrutíferas da secretária de desestimulá-los.

- Por favor, senhor Antunes, volte outro horário.

- Blam! – fez a porta ao se abrir.

- Chico Perniz.

O prefeito que parecia cochilar, acordou, em missão militar, conferindo o cabelo.

- Se-senhor Antunes?? – gaguejou ele.

- Prefeito, eu tentei impedir.

- Não, querida, não tem problema algum. O Senhor Antunes é sempre bem-vindo neste prédio e em qualquer lugar desta cidade em que queira pôr os pés. Sente-se, meu senhor, a casa é sua. – exclamou, após uns segundos de hesitação.

- Prefiro tratar em pé mesmo, o assunto é muito rápido.

- Pois bem, e a que devo a honra, nobre autoridade?

- DEVER, senhor Chico, é exatamente a palavra que me trouxe até aqui, ocê bem sabe disso.

O prefeito deixou escapar uma gota de suor frio do rosto.

- Deixe-nos, Arlete – ordenou à secretaria.

- Pois bem, senhor Antunes, realmente lhe devo um pedido de desculpas.

- Não, senhor, ocê me deve é dinheiro. – disse, ríspido. – Petrônio, ocê já me viu comprar alguma cabeça de gado com um pedido de desculpas?

- Não, sinhô.

- Já me viu comprar comida, ou qualquer coisa que seja possível comprar com um pedido de desculpas?

A negativa se repetiu.

- Sabe por que, sô prefeito – prosseguiu –, porque desculpas não enche bucho. Ocê acha que um homem como eu conquista o respeito e o temor dos outros pedido desculpas? Não, claro que não. Portanto, me poupe do seu discurso, e me entregue o que me pertence.

- Nobre, amigo. Concordo com tudo que disse. Entretanto, apelo para o excepcional bom senso de vossa excelência. São tempos difíceis. O governo federal cortou diversas bolsas e auxílios. Tá difícil tomar algo dos pobres, doutor. Esse mês o repasse do governo estadual também foi bloqueado, mas já estamos resolvendo, e assim que resolver eu lhe pago. É a primeira vez que estou em débito com o senhor, todas as outras parcelas foram honradas a tempo.

- Ocê muito bem sabe que não admito atrasos. E foi advertido disto quando se socorreu a mim.

- Sei sim, excelentíssimo. Acontece que os tempos são outros. Mas, olhe – continuou, buscando algumas folhas espalhadas pela mesa – tem um contrato de licitação aqui para ser executado, e no máximo daqui a três dias já poderei pagar.

- Não vou esperar três dias. Eu exijo o pagamento agora.

- Por favor, senhor Antunes, compreenda que estou de mãos atadas. A oposição tem nos prejudicado muito, metendo o nariz em tudo.

O velho Bavariano escutou atentamente ao discurso. Passou um tempo em silêncio. A mão esquerda levantou o chapéu enquanto a outra alisava carinhosamente os cabelos. Virou-se em direção a porta e fez sinal erguendo o braço direito em direção aos seus capangas.

- Será a primeira vez que terei a honra de carregar sangue de um prefeito...

- N-Não se-senhor, eu prometo, em três dias.

O apelo foi ignorado, e os capangas continuavam avançando.

- Dois dias. Por favor! Eu tenho família. – disse, aos prantos.

Os capangas puxaram suas armas, em sincronia.

- Amanhã. Me dê até amanhã, e lhe conseguirei o pagamento com juros dobrado.

O assunto retomou a atenção do Bavariano. Antes que os dedos dos capangas encontrassem os gatilhos de suas armas, houve um novo sinal.

- Pois, bem. Será amanhã então, com o juros dobrado e sem possibilidade de nova prorrogação.

Foi possível ouvir a respiração de Chico Perniz, como um barítono.

- Obrigado, senhor, eu honrarei o compromisso, como de costume. Em nome da nossa parceria e da nossa cidade.

- Tenho certeza que vai honrar. Ocê conhece a história deste chapéu, prefeito? – questionou senhor Antunes, apontando para o objeto que pousava em sua cabeça.

- Chapéu? Não, senhor. Eu deveria? – falou, intrigado.

- Ele foi do meu pai, e antes do meu pai, pertenceu a meu avô. É uma peça de pequeno valor financeiro, mas carregada de valor sentimental. Eu mataria por ele, prefeito.

- Eu entendo, senhor. Vossa excelência sempre foi um homem referencialmente apegado aos valores familiares.

Houve um silêncio fúnebre. Senhor Antunes se aproximou do prefeito, em passos lentos, porém firmes. Quando apenas a mesa os separava, o velho agarrou o chapéu e soltou gentilmente sobre a pilha de papéis que ali estava.

Chico Perniz emudeceu.

- Ele ficará aqui, sob sua custódia, assim terei dois bons motivos para retornar amanhã. Ah, sim. Isso certamente me deixará mais motivado. Tenha um bom dia, prefeito. – disse, acendendo um charuto.

Os homens seguiram em direção a charrete.

Já passava da hora de almoço quando Zé Doca foi flagrado descansando sob a sombra de uma mangueira. A julgar pelo sorriso de canto de boca, parecia sonhar com alguma coisa bem melhor que o trabalho enfadonho na fazenda. Era um sorriso amarelo que, embora não fosse de todo bonito, ainda assim poderia se dizer que era autêntico. A respiração tranquila indicava alguma boa lembrança de infância ou poderia também estar relacionado a algo que o infeliz almeja ter, mas sem esperança de que, de fato, ocorra no plano real.

Uma sombra sobrepôs-se à sombra original formada pela mangueira.

- Acorda, macho, vá trabaiá. – disse o indivíduo, chutando o rapaz na altura do dorso.

- Eu também te amo Maria C... Argh! O quê? – finalmente acordou, atordoado.

- Macho, se o patrãozin te pega aqui dormindo, tu tá lascado.

- É, eu não tava dormindo não, sô. Tava só verificando a extensão dos danos na cerca.

- Verificando as cercas? Dessa distância? Sei... – ironizou o indivíduo, procurando as cercas no horizonte.

- É sério, macho. É que daqui eu tenho uma visão mais globalizada do negócio todo. Daí depois de analisar tudo eu fecho os olhos pra fazer mió os cálculos mentais de quanto arame e prego vou precisar pra consertar os danos.

- Rapaz pois tua vista é boa mesmo.

- Oxi, macho, é sim.

- Pois é bom tu calcular de olho aberto mesmo, porque se o patrão ou os capangas dele passa aqui e te vê encostado nessa árvore... tu sabe...

- Sei sim. Mas tô na ativa. Nem almocei que é pra mó di eu adiantar o serviço.

- Pois bem, Zé, deixe eu voltar ali no curral que os bicho tão precisando de mim.

- Até mais, sô Arnaldo.

Zé Doca percorreu o a distância até as cercas recuperando o sorriso, como se em recordação ao que acabara de sonhar. Desde o incidente na festa de casamento de Maria Clara, Zé Doca, embora não gozasse do merecido prestígio por sua intervenção, recebeu proposta para trabalhar na fazenda, por insistência da filha do senhor Antunes. O salário não era lá grande coisa mas, para Zé Doca, umas poucas moedas e a possibilidade de encontrar com Maria Clara já era suficientemente empolgante. A jovem visitava com cada vez menos frequência a fazenda, devido ao rigor que seu trabalho exigia.

As cercas estavam parcialmente destruídas devido um incêndio que ocorrera na véspera, próximo à fazenda. A fumaça invadiu os pastos ao norte e os animais caíram em debandada, assustados.

Disso, enquanto alguns veterinários cuidavam dos danos causados pelas cercas aos animais, Zé Doca cuidava dos danos àquelas.

De um modo geral, o trabalho era monótono. Consistia basicamente em verificar o estrago, restaurar o que fosse possível da madeira e arame e, o que não fosse, substituir. Era como uma linha de produção automatizada que repetia as ações por horas, não fosse o fato de que todo a atividade era braçal e executada por um único homem.

Ao final da terceira légua de labor o sol começara a esconder-se. Litros d'água escorriam pelo corpo do jovem. Todas as peças de roupa estavam inteiramente encharcadas e tomadas por um odor fétido. Quando o martelo alcançou o último prego o indivíduo tremeu o corpo e suspirou aliviado.

Era o som da vitória. Mais um dia de luta vencido.

Assobiou no caminho de volta até avistar a mansão. Se aproximou pela porta dos fundos, que dava para a cozinha. Bateu palmas na esperança de encontrar alguém, embora a porta estive aberta.

- Pois não, Zé – disse Dona Odelina.

- É que gostaria de tomar um pouco d'água. Acabei o serviço da cerca e tô morrendo de sede.

- Ah sim, pode entrar, sô.

Os dois adentraram o ambiente. A cozinha era ampla e muito bem organizada, o que deixava Odelina orgulhosa. Havia três pias de mármore paralelamente dispostas e uma dispensa aos fundos. Zé Doca tomou quase uma garrafa inteira de água. Ao se despedir, foi intercalado pela velha cozinheira.

- Ô Zé, sei que já tá tarde e ocê tem que se apressar, mas você podia me ajudar a cortar os vegetais? É que eu me atrasei e tá quase na hora do sinhozinho jantar. Não quero ser reclamada por atraso novamente.

- É que, minha vó tá esperando pra eu fazer o mingau dela, sabe...

- Por favor, Zé. Não vai demorar. E mais, se você me ajudar coloco sua janta aqui e ainda lhe dou uma marmita pra ocê levar pra sua vó, que tal?

- É... – pensou. Num vai demorar não?

- Não, só me ajuda com os vegetais. Você pica o tomate a cebola e o pimentão, enquanto eu fico de olho na carne.

- Pois tá bem.

Enquanto trabalhavam houve um bate papo distraído. Conversavam sobre banalidades e de vez em quando ouviam-se risos. O jantar já estava quase pronto mas o diálogo animado não os deixou perceber a aproximação do senhor Antunes Bavariano.

- Que diacho esse muleque faz aqui na cozinha?

- S-sô sô Antunes?

- Por que não está trabalhando nas cercas?

- Eu já terminei o trabalho, sô.

- Terminou? Eu duvido muito.

- Perdão, sinhô, eu que pedi pra ele me ajudar na cozinha. – tentou justificar Dona Odelina.

- Peça ajuda as empregadas, que peão não entende nada de cozinha.

- Estão todas cuidando de dona Isaura, sinhô.

- Pois faça ocê sozinha. E suma daqui cabra. Assim que a comida assentar no bucho vou verificar essas cercas, pra mó de saber se tá tudo direitinho mesmo, porque se meus bicho escapar mais uma vez, ah, cabra, nem sei o que faço contigo. Vá, bata as perna. Suma daqui.

- Eu prometi dar jantar a ele e a avó dele, sinhô.

- Com que autoridade, Odelina? Pois está desprometido. Vá simbora e já, cabra safado.

- Sinhô, é que tô com muita fome.

- Vá comer em sua casa, cabra. Bora. Rua.

Zé Doca, trêmulo, soltou a faca sobre o balcão e saiu.

O jantar na casa dos Bavarianos teve um clima carregado. Dona Isaura recomendava ao Sr. Antunes coisas de mãe. Havia uma preocupação nela, mas não entrou em detalhes. O velho se recolheu ao seu quarto antes dos demais.

Durante o jantar, ninguém percebeu quando porta da cozinha foi empurrada, como se atingida por algo delicado como o vento.

Ninguém percebeu quando um vulto avançou pelo espaço.

Ninguém percebeu quando o vulto retomou a posição original e partiu, tudo rápido, mesmo sem saber precisar cientificamente a velocidade dos vultos.

Tampouco foi percebido que a faca que estava disposta sobre a tábua de cortar legumes, havia sumido.

CAPÍTULO 23

O tribunal empalideceu.

Todos os olhos se voltaram para Maria Clara Bavariano e dessa vez tal fato não se deu por sua beleza peculiar. Ninguém arriscava uma palavra. Os lábios tremiam. A imprensa não esboçou reação, como se processasse, com cautela, a notícia ou o modo de espalhá-la.

O promotor olhou para o juiz que olhou para a escrivã que retribuiu. Tratava-se do julgamento mais importante que se via na região. Um caso cruel e histórico, o julgamento do assassinato a sangue frio do homem mais influente da cidade, cujo sobrenome se eleva para capital e além das fronteiras opacas do Piauí. Não causa estranheza que a filha da vítima tenha interesse pela audiência e que busque justiça pela perda repentina do seu ascendente, mas, se apresentar com intenção de patrocinar a defesa do acusado de matar seu próprio pai? Isso nem os piores livros de suspense poderiam prever.

A jovem vestia um terno rigorosamente preto. Por baixo, um vestido de mesma cor se arrastava até a altura do joelho, contornando delicadamente seus quadris. Alguns livros volumosos lhe cobriam os anéis dourados que descansavam em seus dedos. Estava parada no corredor que antecede os cancelos e mesmo recebendo todas as atenções, sua postura sólida não desfez-se.

- Perdão, jovem, o que disse? – questionou o juiz.

- Que pretendo patrocinar a defesa do réu, vez que este não possui advogado constituído.

Ouviram-se suspiros, em ar de espanto.

- Isso é um absurdo, ela é filha da vítima, não pode... – brandiu o promotor.

- Aproxime-se, jovem. – continuou o juiz, ignorando Olegário.

Maria Clara atravessou o corredor em passos delicados e apoiou-se sobre o cancelo.

- Você está dizendo que quer patrocinar a defesa do réu?

- Isso mesmo, excelência.

- Você sabe que o réu é acusado de matar o seu pai?

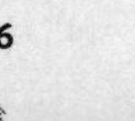

- Sim, excelência – lamentou-se, esboçando um soluço.

- E ainda assim insiste em assumir esse mister?

Acenou com a cabeça.

- Pois bem, registre-se em assentada que a defesa do réu será patrocinada pela advogada Maria Clara Bavariano.

O público estremeceu.

- Absurdo!

- Que loucura, onde já se viu uma filha defender o assassino do pai.

- Ordem! Ordem! – gritou o juiz, friccionando o martelo contra a mesa.

Maria Clara atravessou o cancelo sobre os olhares atentos do público e ocupou a cadeira ao lado do réu. A imprensa parecia finalmente ter se decidido sobre o teor da matéria e passaram a fotografá-la milimetricamente.

Por um breve instante as atenções não estavam voltadas à Zé Doca. Sentiu-se aliviado, embora não quisesse assumir. O fato é que Pela primeira vez durante a sessão o peso do jugo havia se lhe sido tirado. Estava nauseabundo, como todos os demais que ocupavam o auditório. Divagou em seus pensamentos, percorreu em frenesi tudo que ocorrera até aquele momento. Lembrou do último contato que teve com Maria Clara e ficou ainda mais confuso e nauseabundo. A jovem guardava uma expressão conservadora que só poderia ser notada por um bom observador. Não trocou qualquer palavra com o indivíduo a qual ofereceu defesa. Decidida, abriu um dos livros e pôs-se a folheá-lo.

- Si-si-sinhá... por que ocê tá fazendo isso?

- Não é por você, estou aqui pelo meu pai. Eu tenho que estar aqui.

Caiu uma lágrima sobre as páginas do livro.

- Mesmo assim eu agradeço, sinhá.

Claustro Luis Barbacena retomou a sessão, após uma breve pausa para que todos pudessem se hidratar.

- Pois bem. Como se sabe, sendo a acusação de homicídio consumado, não há vítima para depor, de modo que daremos sequência aos trabalhos com a oitiva das testemunhas, conforme determina a lei. Sendo assim, chamo a primeira testemunha de acusação, a senhora Odelina do Carmo Santos.

A testemunha adentrou o recinto, vindo de uma sala separada reservada as testemunhas e devidamente fiscalizada para impedir que dialoguem entre si.

Ao tomar assento, fez gesto fraternal a Maria Clara, embora não esperasse vê-la ocupando a tribuna da defesa.

- Promotor, o senhor tem a palavra.

- Obrigado, Excelência.

Mafuá Bandeira preparou uma caneta para tomar nota do que julgasse digno. Chico Perniz acompanhava a tudo, consultando, vez ou outra, o relógio em seu pulso. Dona Isaura tirou do bolso um rosário e o manteve firme na mão direita.

- Odenlina, bom dia. – começou o promotor.

- Bom dia, dotô.

- Você trabalha para a família do Senhor Arnaldo Antunes Bavariano?

- Sim, sinhô.

- Há quanto tempo?

- Ah, muito tempo.

- Mais de dez ou vinte anos?

- Com certeza, dotô.

- Qual sua função?

- Eu sou cozinheira e faço outros serviços pra Dona Isaura, que anda meio adoentada, tadinha.

- Você estava trabalhando no dia 31 de maio?

- Sim, sinhô.

- Conhece o réu? - questionou, apontando para o desafortunado.

- Claro, dotô. Ele trabalha na fazenda também.

- E qual a função dele?

- Ah, ele ajuda a cuidar dos animal, dos pasto e do que mais precisar.

- Então ele não trabalha dentro da residência como você, correto?

- Trabalha não, sinhô.

- Mas você viu ele no dia 31 de maio?

- Vi sim.

- Que horas?

- Era perto de escurecer já...

- Me conte como ocorreu esse encontro.

Odelina suspirou e ergueu os olhos como se buscasse algo em sua memória já sofrida.

- É, sô... naquele dia eu tava preparando o jantar como sempre faço, quando Zé Doca apareceu na casa. Ele bateu palmas e eu atendi. Tava pedindo água. Chamei ele a entrar na cozinha, dei a água pra ele e depois pedi ajuda por mó de que eu tava preocupada de sô Antunes chegar e o jantar não tá pronto ainda - a plateia acompanhava, curiosa. – No começo ele não quis me ajudar porque alegou que tava atrasado e tinha que voltar pra cidade pra fazer o jantar dele e de sua vó, que na época ainda era viva, mas bem adoentada pelo que eu sabia.

Odelina pausou para tomar um pouco de água.

- Que eu me lembre ele só decidiu me ajudar porque eu prometi que lhe dava comida e um pouco pra ele levar pra sua vó. Então a gente ficou fazendo a comida. Enquanto eu olhava as panelas ele ficou picando as verduras.

- Ele jantou na casa naquele dia?

- Não, sinhô.

- Mas, por quê? Já que você tinha oferecido...

- É porque ai chegou o sô Antunes e botou ele pra correr.

- Como assim "botou ele pra correr"? Seja mais específica, por favor.

- Ah, dotô. É que nesse dia o patrãozinho tava muito alterado. Parece que umas coisas que ele foi resolver na cidade e que não deram certo. Daí quando voltou, viu que o jantar não estava na mesa ainda e foi até a cozinha verificar. Quando ele entrou na cozinha que viu o Zé Doca, ficou furioso.

- E por que ele ficou furioso?

- Ah, acho que é porque também ele pensava que o Zé tava gazeando o trabalho, sabe? Ele tinha uns serviços pra fazer e o patrãozinho tinha pressa.

- Entendi. E nessa discussão o senhor Antunes chegou a ameaçar o réu de alguma forma?

A cozinheira titubeou um pouco e bebeu outro gole de água, antes de avançar.

- Ameaçou não, dotô. Só mandou ele embora mesmo. Não deixou ele jantar na fazenda. Ai o Zé Doca ficou brabo nessa hora. Ele não gritou nem ameaçou o patrãozinho, mas eu vi a fúria nos olhos dele. olha, aquilo parecia obra do Satanás. Ele ficou todo avermelhado e os olhos foram ficando mais escuro do que já é. Ai, meu Deus. Nunca pensei que esse traste fosse capaz disso... logo o patrãozinho... e por um prato de comida...

Odelina desabou em lágrimas verdadeiras. Parte da plateia a acompanhava.

- Mais essa foi a primeira vez que o Sr. Antunes discutiu com o réu?

- Não. Não, sinhô. Sô Antunes brigava muito com o Zé Doca por conta dos atraso dele. Chegava na fazenda sempre atrasado, deixava as tarefa pela metade e mal feito. Enfim, muita coisa que irritava o sinhozinho. Ele ouvia tudo calado, ai deve ter explodido agora, né?

Durante todo o depoimento de Odelina, não houve uma interrupção sequer por parte da defesa, de modo a se questionar o trabalho de Maria Clara, seu caráter. Para alguns, os motivos que a levaram à bancada seriam puramente pessoais: vingança. Não era de se estranhar que pensassem assim já que é consenso geral na comunidade jurídica de que a maioria das condenações não são promovidas pela qualidade da acusação mas sim pela inexperiência da defesa. Dito em outras palavras, a melhor maneira de se condenar um réu é entregando-lhe um advogado esbanjador de mais ou tímido de mais. Há que se ter um meio termo.

Zé Doca ouvia a tudo atônito, resmungava vez ou outra mas, logo era contido pelos guardas. E assim a cozinheira prestou seu depoimento perante o júri, sem ter contestada sua idoneidade e, talvez por isso, todos ouviam atentamente, como alunos primário curiosos com as histórias contadas pelos professores.

- Pois bem, como era sua relação com o senhor Antunes? – perguntou o promotor.

- Ah, era normal. Ele era um homem rigoroso, mas tinha bom coração, e pagava sempre em dias – lembrou ela.

- Exigia dos empregados algum serviço ilegal?

A plateia estremeceu.

- Tá doido, que pergunta é essa? – gritou um popular. – Sô Antunes era homi sério, igual nós aqui.

- Ordem! – determinou o juiz.

- Claro que não. – respondeu a testemunha.

- Exercia alguma atividade ilegal?

- Meu Deus, não. – respondeu, sob novos protestos do povo.

- O Senhor Antunes tinha inimigos?

- Tinha não, dotô. O povo daqui gosta dele demais. Ele ajuda muito a cidade e todo mundo que lhe procura.

- Você consegue imaginar alguém que teria motivos para matar o Sr. Antunes?

Odelina parou, claudicante.

- Humn... não, ninguém, dotô.

O Promotor folheou o processo, ultrapassando rapidamente as páginas com o auxílio da língua. Sentou o dedo sobre determinada página e levantou, confiante. Atravessou o átrio em direção a Odelina. A página marcada dizia respeito ao auto de apreensão da arma utilizada no dia do crime.

- Você reconhece essa faca?

Dona Odelina aproximou-se, buscando estimular sua visão cansada.

- Ah, sim, reconheço.

O promotor foi até o balcão e retornou com um objeto.

- A faca da fotografia é esta aqui? – perguntou apontando para o objeto que portava.

- Sim, sinhô.

- De quem é essa faca?

- É da fazenda, dotô. Faz parte de um jogo de faca que Dona Isaura comprou há muito tempo.

- Você utilizava desta faca nas suas tarefas diárias na fazenda?

- Sim, as vezes sim, dotô.

- No dia da morte do Sr. Antunes, você chegou a utilizá-la?

- Não, sinhô.

- Alguém utilizou?

- Sim.

- Quem?

- Zé Doca.

A plateia estava em choque.

- Vagabundo! Bandido. Desnaturado. Nossa cidade não permitirá um monstro insolente vivendo entre cidadãos de bem. Eu te deserdo, cabra safado. – gritou o prefeito.

- Assassino! Pena de morte ao Zé Doca. – gritou um elemento na penúltima fileira.

- Ordem! Ordem!

- Pois bem, dona Odelina. E por que Zé Doca usou esta faca naquele dia?

- Ah, dotô, foi como eu lhe disse, eu pedi ele pra me ajudar a fazer a comida, daí ele ficou picando as verduras com essa faca ai.

- Mas isso ocorreu por volta de que horas?

- Ah, dotô, tava escurecendo... umas seis, seis e pouco.

- Humn... – fez o promotor, percorrendo o espaço pacientemente, encarando os jurados. – mas você disse que Zé Doca estava com a faca cortando verduras por volta das dezoito horas e que, logo em seguida, o Sr. Antunes chegou e iniciou a discussão, quando então o réu foi embora, não é isso?

- Sim, dotô.

- Mas o homicídio, segundo consta do laudo de exame cadavérico, se deu várias horas depois disso. – continuou o promotor, como quem buscasse um desfecho teatral. – O réu retornou à fazenda naquela noite?

- Que eu saiba, não, sinhô.

- Então porque essa faca apareceria horas depois na cena do crime, em local distante da mansão dos Bavarianos?

- Porque essa faca sumiu naquele mesmo dia, dotô, e a última pessoa que eu viu com ela foi o Zé Doca mesmo. Ele deve ter roubado quando eu tentava acalmar o patrãozinho.

- E quando vocês deram falta da faca?

- Assim que o jantar acabou que eu voltei pra cozinha e limpei tudo, vi que tava faltando uma faca, mas não quis fazer alarde. Já era tarde, eu ia relatar no outro dia.

- Mas não teve outro dia, pelo menos não pro Sr. Antunes, não é mesmo? – encerrou o promotor, com uma pergunta retórica e um sorriso superior nos lábios, retornando ao seu assento.

Odelina acenou a cabeça e desabou em lágrimas novamente.

- A Defesa tem alguma pergunta?

- Sem perguntas, excelência! – disse Maria Clara.

- Nesse caso, dou o depoimento por encerrado. Testemunha dispensada.

Odelina enxugou as lágrimas e levantou-se, com esforço notável. Passou cabisbaixa pelo salão em direção a saída, quando foi surpreendido por um caloroso abraço de Maria Clara. As duas se entreolharam e trocaram caricias em silêncio, antes da cozinheira seguir seu destino.

- Que entre a próxima testemunha.

Os olhos fixaram-se no indivíduo.

Potrínio apresentava um semblante desconfortável. Não tinha costume com público e muito menos em ser o centro das atenções em qualquer lugar. Como capanga do Sr. Antunes, acostumou-se a viver nos bastidores, porém atento. Foi convocado pela promotoria para fortalecer a acusação. Na verdade foi a terceira opção entre os capangas. Primeiro foi intimado Evaldo, que após discussão ríspida em visita à promotoria, foi tido como testemunha inservível e foi dispensado. Depois Petrônio foi intimado, mas como é avesso à leitura, pegou o papel lacrado, enrolou meticulosamente, colocou um pouco de tabaco e fez dele um bom cigarro. Por fim, só restava Potrínio, e embora a ideia não agradasse tanto o promotor, não houve dispensa.

Ao sentar sua calça de cor escura fez um estalo, suplicando por descanso. Levou as mãos calejadas à cabeça e retirou o chapéu quando o juiz determinou.

- A testemunha é sua, doutor. – disse o juiz.

- Pois bem, Potrínio, você trabalha com o Sr. Antunes há quanto?

- Vi-vi-vi-vixi do-do-tô, fa-fa-faaaaaz tem-tempooo. Co-co-coisa de vin-vinte anos.

O Público acompanhava os movimentos labiais da testemunha, com certa inquietação.

- Meu Deus, como que o promotor traz um gago pra depor? Absurdo. – comentou um popular.

- Como era o tratamento do Sr. Antunes em relação a seus funcionários?

- Ah, é no-no-normal, do-do-dotô.

- Tendo em vista sua condição peculiar, vou lhe fazer algumas perguntas e você me responde acenando com a cabeça, correspondendo a resposta a "sim" ou "não", ok? – pediu o promotor, fazendo os respectivos gestos para melhor compreensão da testemunha.

- Si-si-sim, en-ten-ten-di.

- O Sr. Antunes tinha algum desafeto?

Veio um sinal negativo.

- Algum inimigo ou alguém que ele ameaçava?

Mesmo sinal.

- Ele tinha alguma rixa com o acusado Zé Doca?

Outro sinal negativo.

- Você já viu o réu ameaçar o Sr. Antunes?

Dessa vez o sinal foi afirmativo.

- Quando e como se deu esse episódio?

Potrínio gaguejou a face, desorientado.

- Essa é pra você responder mesmo, mas de maneira bastante clara.

- Do-do-dotô. Uns di-dias an-an-tes da mor-mor-te do meu pa-trão-trão-zi-zi-zinho esse e-e-le-lemento vi-vinha se que-queixando do tra-tra-balho. Da-daí qua-quando foi no di-dia antes do fa-fato o pa-patrão man-man-dou ele aje-je-jeitar a cerca pra mó de os bi-bicho não fu-fu-fu-fu-gir.

- E o que aconteceu?

- Ne-ne-nesse dia eu ia pa-pa-passando per-perto da plan-plan-planta-ta-ção de ma-ma-ma-ma-ma – engasgou.

- Mamão? – ajudou o promotor.

- Não. Ma-manga. Daí e-ele ia de ca-cabeça ba-ba-baixa que nem me vi-viu. Ia ma-maldizendo das co-coisas. Ne-nessa ho-hora eu u o-o--ouvi o que ele fa-fa-fa-lou.

- E o que ele falou?

- Fi-ficou se la-lasti-timando. Di-di-zia a-assi-sim: "ô vei des-des-gra-gra-gaçado, to-tomara que mo-mo-mo-rra lo-lo-logo.

- Protesto! Isso não é uma ameaça – interveio pela primeira vez Maria Clara, para a surpresa de todos.

- Claro que é, doutora. As palavras ouvidas pela testemunha de acusação descrevem a clara intenção do réu em matar a vítima – contestou o promotor.

- As palavras são vagas e não descrevem nenhuma conduta do acusado, Excelência.

- Protesto negado, pergunta mantida. Continue, doutor. – decidiu o juiz.

- Sem mais perguntas, Excelência.

- A defesa está com a palavra. Alguma pergunta, doutora?

Maria Clara fez menção que iria levantar, contudo, desistiu, sem qualquer justificativa. Encarou Potrínio e disse:

- Sem perguntas, Excelência.

- Pois bem. Dou o depoimento por encerrado.

O Delegado foi ouvido em sequência.

Tião Cintura se apresentou afável, em respeito ao tribunal. Iniciou divagando sobre sua experiência na polícia, seu ofício e suas atividades a frente das investigações do caso.

- Como você tomou conhecimento da morte do Sr. Antunes, delegado?

- Foi por volta da meia noite. Nós fomo acionado por um cabôco que tava caçando naquela região e chegou dando conta de um corpo encontrado nas imediações da estrada do Pau D'arco, zona interiorana que liga várias fazendas à cidade. Até então não se sabia de quem se tratava. Imediatamente desloquei toda minha equipe e fomos até o local, que ficava já na altura das terras da vítima.

- Quantos policiais compõe sua equipe?

- Dois. Quer dizer, eu e mais um. – disse, apontando para o cabo Amarante.

- Então vocês foram tão logo tiveram notícia do fato?

- Sim, fomos rapidamente ao local.

- E o que o senhor viu quando chegou lá?

- Quando a gente chegou tava bem escuro, mas a lua clareava um pouco. Me aproximei com a lanterna e então vi claramente o corpo caído sobre a cerca de arame farpado. Percebi que tinha ferimentos nas costa e a camisa estava rasgada nos locais da lesão. Pedi ajuda do cabo Amarante pra mó de retirar o corpo da cerca e daí percebemo que se tratava do Sô Antunes. Fiquei foi besta, assustado, sabe? Pois é. Tentamo reanimar mas não adiantava, já tinha morrido.

- Além do corpo foi encontrado algum objeto?

- Sim, após diligências nós descobrimos uma faca coberta de sangue.

- A faca estava próximo ao corpo?

- Não, estava pro lado de dentro da cerca. A gente só encontrou porque eu resolvi seguir meu instinto policial e adentrei na propriedade. Procurava pistas e as pegadas indicavam que o elemento fugiu naquela direção. Então, alguns metros depois verifiquei a faca encostada no tronco de uma árvore.

- Encontrou mais alguma coisa?

- Somente isso, dotô.

- Quantos ferimentos havia no corpo?

- Cinco.

- Na sua experiência policial, você pode afirmar que os ferimentos são compatíveis com a faca encontrada na cena do crime?

- Sim, sinhô. Não só compatível como foram provocados pela própria arma.

- Como tem certeza?

- Primeiro porque a família do Sr. Antunes confirmou que a faca era mesmo aquela que tinha sumido da fazenda. Depois, foi feito perícia na capital e apontaram que o sangue encontrado na arma seria do Sr. Antunes.

- E você pode afirmar que foi o acusado quem matou o Sr. Antunes utilizando aquela arma.

- Sim, sinhô! Pelas pegadas que encontramos, que eram compatíveis com o chinelo que ele usava, e também suas digitais que foram encontrados na arma.

O Público estava em choque. Acompanharam toda a narrativa como se vissem um filme de suspense nada original, em que se pode prever facilmente o desfecho. Os gritos de acusação eram ensurdecedores e o juiz teve que tomar as rédeas com a firmeza de um bom gaúcho.

- Silêncio nesse tribunal! Bah, tche. Que coisa irritante. Da próximo ponho todos pra fora.

- O Ministério Público não tem mais perguntas, excelência.

- Pois bem, a defesa quer interrogar a testemunha?

- Sim, excelência – disse Maria Clara, finalmente firme.

- Você tem a palavra, doutora.

A advogada se ergueu delicadamente. O perfume doce se misturava ao salão de maneira bem orquestrada, inebriando a todos. Os traços finos e as mãos sóbrias indicavam uma vida com bastante regalias, mas sem perder de vista as responsabilidades. Maria Clara sempre foi amada por todos que tiveram o privilégio de lhe conhecer. Contrastando com os outros filhos de barões e grandes empresários da região, a moça era de uma simplicidade peculiar e invejável e talvez fosse isso que a tornava mais atraente. Participava ativamente das ações sociais e humanitárias. Nunca negou ajuda a quem lhe pedisse. Tentaram convencer-lhe de seguir carreira política mas rejeitou a proposta, deixando claro que poderia ajudar mais de outras formas. Escolheu a advocacia como forma de lutar por justiça e equidade, como dizia, custe o que custar.

- Bom dia, senhor delegado.

- Bom dia, sinhá.

- Bem, o senhor disse que foi comunicado da ocorrência através de um caçador que avistou o corpo inicialmente, correto?

- Sim.

- E quem é este indivíduo?

O delegado pareceu surpreso com a pergunta e engoliu seco.

- Na- não me recordo, sinhá – disse, procurando o olhar do promotor de justiça.

A plateia pareceu incomodada, mas não esboçou reação.

- Ele prestou depoimento na delegacia?

- Também não, sinhá.

- Então o senhor nunca mais o viu?

Ele fez um sinal afirmativo, enquanto o promotor bufava. Maria Clara deu pequenos passos em direção a testemunha, repetindo o ato a medida que o interrogava.

- Pois bem, o senhor também disse que foi o primeiro a chegar na cena do crime, após a comunicação do fato, certo?

- Isso mesmo, eu e o cabo Amarante.

- E o senhor providenciou o isolamento da cena do crime?

- Como? – questionou a testemunha, suando frio.

- Quero saber se quando chegou ao local do crime, o senhor fez o isolamento, pra não deixar ninguém entrar.

- Não, sinhá, não achei necessário.

- E o senhor também tocou no corpo antes da perícia chegar, correto?

- Sim, eu queria saber se ele ainda estava vivo.

- E estava?

- Não.

- Claro que não... – disse Maria Clara, engolindo o choro e fazendo uma breve pausa. – O corpo foi encontrado em que posição.

- Estava caído de costas sobre a cerca.

- E depois de removê-lo da cerca, o senhor o deixou em que posição?

- De peito pra cima.

- Certo. Na sua vasta experiência policial, delegado, o senhor já atuou em quantos casos de homicídio, sem contar este, claro?

Tião Cintura estava perplexo com as perguntas apresentadas. Procurava o promotor que lhe evitava o olhar, em desaprovação.

- Fora esse, nenhum, sinhá. – disse, sentindo-se constrangido em ter que reconhecer em público sua inexperiência com casos como aquele em julgamento.

- Então é a primeira vez que o senhor investiga um homicídio, correto?

- Sim.

- E durante as investigações interrogou alguma outra pessoa suspeita do assassinato de meu pai, digo, da vítima? – recuperou-se ela.

- Não era necessário, sinhá, todos os indícios apontavam pra esse meliante ai. – afirmou, apontando pra Zé Doca. – Aliás, não sei como a sinhá ainda defende o cabra que matou seu pai.

O Tribunal incendiou-se.

- Ordem! Ordem! – gritava o juiz. – a testemunha deve responder as perguntas de forma direta, sendo proibida as considerações pessoais, estamos entendidos, delegado?

- Sim, dotô, me desculpe.

- Pois bem, prossiga, doutora – determinou o juiz.

Maria Clara engoliu novamente em seco. Um turbilhão de sensações estremeciam seu corpo e era necessário repouso.

- Sem mais perguntas, excelência.

- Sem mais perguntas, dou o depoimento por encerrado.

- A acusação tem mais testemunhas, doutor promotor?

- Não, excelência.

- A defesa tem alguma testemunha para ser ouvida?

Maria Clara estava zonza, de modo que não ouviu o questionamento que lhe foi direcionado. Zé Doca então tocou-lhe o ombro levemente, mas o suficiente para despertar-lhe.

- Perdão, excelência, não ouvi...

- Perguntei se a defesa tem testemunha?

- É...

Todos observavam Maria Clara. A jovem de desenvoltura e oratória invejáveis parecia ser palavras naquele instante. Consultava o relógio e a porta de entrada do fórum, como se procurasse uma luz, mas nada aconteceu.

- E então, a defesa tem testemunha para ouvir ou não?

- É...

- Sim ou não, doutora. Não temos o dia inteiro para isso.

Maria Clara balançou a cabeça, triste.

- Nesse caso, dou por encerrado os depoimentos. Passa-se ao interrogatório do réu.

CAPÍTULO 24

Zé Doca levantou-se com certa dificuldade, acompanhado pelos policiais plantonistas e pelos olhares curiosos do público. Não parecia confortável com a atenção nada amistosa que lhe era dedicada. O assassinato do Sr. Arnaldo Antunes Bavariano ganhou os noticiários em ritmo pandêmico e ser o principal (na verdade o único...) suspeito de ter cometido tal crime tornou o infortunado bastante popular. Se fosse afeto às grandes mídias e redes sociais, se fossem outras as circunstâncias, poderíamos dizer que Zé Doca se tornou uma "figura pública", expressão utilizada atualmente para designar indivíduos, geralmente jovens, narcisistas e dotados de uma louvável autoconfiança, que, em troca de algumas curtidas e comentários, expõem-se a situações degradantes, publicando fotos e vídeos de conteúdo extremamente apelativo, podendo oscilar desde imagens em frente ao espelho da academia de ginástica em posição frontal com uma leve inclinação na região dos quadris acompanhado da frase "tá pago" até vídeos gravados em primeira pessoa demonstrando presentes e mimos (como preferem chamar) que teriam recebidos de possíveis patrocinadores, recomendando a marca. Esta última espécie está fadado a extinção brevemente tendo em vista que os donos dos estabelecimentos comerciais começaram a perceber que, na verdade, ninguém seguia a recomendação dessas pessoas e que, no fim das contas, o patrocínio não agregava nenhum valor ao empreendimento, mas apenas financiava um bem sucedido estilo de vida gratuito.

Pensando melhor, Zé Doca, de certo, não se tornara figura pública. A expressão não lhe caia bem, tanto por sua absoluta falta de conhecimento quanto ao uso das mídias modernas, como pela sua idade já um pouco avançada para os padrões exigidos por aqueles.

Queira ou não, goste ou não, o jovem era tido como um criminoso notório, cuja fama ultrapassou as fronteiras estaduais. Não era mais aquele pobretão magricela e maltrapilho dos confins do Piauí, mas sim o pobretão magricela e maltrapilho acusado de matar o homem mais importante de Aqui-Perto, e um dos mais influentes em todo o estado.

A pecha de criminoso, como se diz no meio jurídico, macula o indivíduo para sempre. É irreversível. Ainda que fosse absolvido (o que, dado as circunstâncias, é impossível crer), levaria adiante sua sina para sempre. É que as más notícias, já disse um autor renomado, viajam mais rápido do que a velocidade da luz, e se propagam com vigor, como alimento para a alma. Embora a mídia ajude, o popular "boca a boca" ainda é o maior responsável pelos números elevados de má notícias. Já as boas notícias, quando existentes e sempre dependendo do ponto de vista de quem as recebe, claro, não possuem tanta afeição da imprensa, tampouco dos populares, que preferem maldizer uns aos outros.

Zé Doca, o notório criminoso, foi colocado no centro do salão, de frente a mesa do juiz presidente, que o observava de sobressalto. Uma cadeira foi empurrada em sua direção, mas quando tentou sentar foi contido pelos policiais.

Maria Clara observava a cena atentamente, e interveio.

- Excelência, pela ordem. A defesa solicita a retirada das algemas do réu.

O público espantou-se.

- O quê? Deuzulivre. Este homem é perigoso. Não tira não dotô juiz. - disse uma senhora.

- Se tirar ele vai fugir! - gritou outro.

- Ordem! Ordem!

- Excelência – interpelou o promotor. - o pedido da defesa não tem lógica. Deve-se alertar que o réu é perigoso, acusado de cometer um crime hediondo. Para a segurança de todos aqui presentes, deve ser mantido algemado.

Maria Clara aproximou-se.

- Doutor, a Súmula vinculante número 11 do Supremo Tribunal narra as hipóteses excepcionais em que é permitido o uso de algemas e este caso não se enquadra naquelas hipóteses. Sujeitar o réu a um julgamento algemado poderá influenciar na decisão dos jurados. Não é isso que queremos. Além do mais, o ambiente está policiado e o réu não tem nenhum perfil atlético, podendo ser facilmente contido – apelou a advogada.

O Juiz ponderou por um instante.

- Pois bem, retirem as algemas do réu. - determinou o magistrado, sob os protestos da multidão.

Após a retirada das algemas o juiz fez um sinal de fácil compreensão e só então Zé Doca pôde sentar-se. Analisou bem seus próprios braços. Uma listra arroxeada percorria cada um de seus pulsos, e um rastro de sangue reverberava timidamente por além das artérias.

- Seu nome completo?

- É... Zé Doca. Quer dizer, Manoel Alberôncio... vixi, nem lembro direito, dotô. Manoel... Leomar... Silva Pereira.

- Manoel Alberôncio Leomar Miranda Clementino Furtado Oliveira da Silva Pereira? – questionou o juiz, impaciente.

- Ah, é isso mesmo, dotô.

- Qual sua idade?

- Na faixa de uns vinte e tanto, mas não tão perto dos trinta.

- Profissão?

- Eu trabalhava na roça, antes de ser preso.

- E o que você fazia exatamente? Existem vários trabalhos a serem feitos no campo...

- Eu capinava, botava comida pros bicho, ajeitava cerca. Tudo que me mandasse fazer eu fazia, dotô.

- Qual seu grau de instrução?

- Quê?

- Nível de escolaridade. Você nunca frequentou uma escola?

- Ah, já sim, dotô, mas foi por pouco tempo. Eu ia mais era pra mó de comer a merenda. Tempo bom... - lembrou com saudade.

- Sabe ler e escrever?

- Sim, sinhô. Não é uma letra lá muito bonita mas com boa vontade dá pra entender meus garrancho.

- Possui residência em Aqui-Perto?

- Na verdade era de minha vozinha, que faleceu, coitada. - lembrou com tristeza.

- Já foi preso ou processado antes?

- O quê? Não, dotô. Nunca tinha ido nem na porta de uma delegacia, que dirá num presidio. E vou dizer uma coisa, se vossa excelência permitir... - houve uma pausa dramática e o silêncio do juiz foi interpretado como consentimento – é pior do que eu pensava, dotô.

- Você está ciente da acusação que lhe é feita? - perguntou, ignorando completamente a afirmativa anterior.

- Tão dizendo que eu matei o sô Antunes. - respondeu, cabisbaixo.

- Pois bem, passado essa primeira fase da qualificação é meu dever, como juiz, alertá-lo que, na condição de réu, você pode exercer o direito constitucional ao silêncio de modo que se resolver calar tal fato não poderá nem deverá ser utilizado contra você. Por outro lado, se resolver falar, poderá ajudar a esclarecer a situação e terá a oportunidade de contar sua versão, compreende?

- Acho que sim, dotô...

- Então, você vai exercer o direito de ficar calado ou vai prestar seu depoimento?

Zé Doca olhou para Maria Clara, de canto de olho, que lhe fez um sinal com os olhos. O sinal, embora simplório, transmitiu uma paz ao jovem e o encorajou.

- Vou falar, dotô.

- E diante de todos os fatos e provas que foram aqui apresentados hoje, você continua a afirmar ser inocente?

- Claro que sim, sinhô.

- Pode nos contar o que você fez no dia 31 de maio deste ano, dia do assassinato do Sr. Arnaldo Antunes Bavariano.

- É... que eu me lembre, foi um dia normal, dotô. Acordei cedo, me asseei e fui pra fazenda trabalhar. Sô Antunes tinha me pedido pra ajeitar as cercas pra banda da extrema do norte das terras deles. Era um trabalho duro, levei o dia todo nisso. Daí quando ia saindo passei pela casa e avistei dona Odelina. Ajudei ela na cozinha e ela prometeu conseguir uma comida pra eu levar pra minha vózinha... - disse ele, meio cabisbaixo, enxugando as lágrimas ao relembrar da avó.

- E você teve contato com a vítima nesse dia?

- Na verdade, eu vim vê o sô Antunes já quando eu tava na casa dele, ajudando dona Odelina a cortar as verduras.

- E houve alguma discussão?

- Discussão não, ele só me expulsou da casa e ficou budejando lá.

- E depois que você saiu da fazenda, foi para onde?

- Fui pra casa de minha vozinha, ficar junto dela.

- E não saiu mais?

- Não, sinhô.

- Tem testemunha?

- Tenho. Quer dizer, tinha... - lamentou. Minha vó ficou comigo o tempo todo, mas infelizmente não tá aqui pra confirmar.

- E ninguém viu você chegando em sua residência, além dela.

- Viu não, dotô. A rua tava deserta. Sabe como é, fim de mês... o povo tudo liso...

- Bem, a promotoria tem alguma pergunta.

- Sim, Excelência.

O promotor se levantou confiante. Colocou-se em frente ao réu, com cuidado para que pudesse ser bem observado pelos jurados e pela plateia.

- Você disse que naquele dia foi expulso da fazenda pela vítima e que ele estaria esbravejando, correto?

- Si-sim, dotô.

- E por que ele brigava?

- Ele queria que eu resolvesse o problema das cercas, mas expliquei pra ele que já tinha resolvido.

- E resolveu mesmo?

- Sim, dotô. Tem uns peão lá que sabe que é verdade.

- Então você se sentiu injustiçado pelas acusações da vítima?

Zé Doca refletiu.

- De certo modo sim.

- Você conseguiu levar a comida para sua avó?

- Não, sinhô. Quando ele me expulso, dona Odelina ainda tava preparando o jantar. Não deu tempo comer nem levar nada pra ela.

- Então você se sentia injustiçado e com fome, correto?

Ele fez um sinal afirmativo.

- E ficou mais chateado ainda pelo de não ter conseguido levar a comida para sua avó, que tem a saúde debilitada, correto?

- Sim, sinhô.

- Então foi por isso que matou a vítima? - indagou, encarando os jurados.

- Na-não, sinhô, eu não ma...

- Você usou a faca da própria vítima para matá-la. Quanta ironia.

- Não, sinhô, eu não fiz...

- E depois fugiu pra sua casa e quis usar sua avó, doente e acamada, como álibi, não é mesmo?

- Não.

- Pensou que ficaria impune, não é mesmo? Mas se esqueceu que em Aqui-Perto tem uma polícia eficiente e um promotor aguerrido – berrou.

- Excelência, pela ordem – interpelou a advogada. - a promotoria está induzindo a respostas e emanando discurso político que nada tem a ver com a causa.

- Protesto aceito. Mantenha o decoro doutor. Mais alguma pergunta ao réu.

- Satisfeito, excelência.

- A palavra está com a defesa, para suas perguntas.

Olegário Parente retomou seu assento de modo triunfal, ostentando um sorriso de canto de boca. Maria Clara levantou e caminhou paulatinamente em direção a Zé Doca. Esboçou uma leve saudação ao magistrado e olhou timidamente para os jurados.

- Zé Doca...

- Pois, não, sinhazinha.

- Eu lhe fiz uma visita quando você estava no presidio, lembra disso?

- Claro que sim, sinhá.

- Naquele dia eu pedi que você confessasse o crime, para que eu pudesse estar em paz, lembra?

Ele acenou afirmativamente, com o semblante sofrido.

- E você me disse que era inocente.

Novamente um aceno.

- Eu, não sei exatamente por qual motivo, acredito em você, Zé Doca. Ou pelo menos acho que acredito.

- Obrigado, sinhá. - animou-se.

- Mas, por desencargo de consciência, e para que todas as pessoas que amavam meu pai, seus amigos, seus familiares que aqui estão presente possam sentir algum conforto, por menor que seja, por favor, nos responda novamente, com todo o sentimento nobre que você tiver no coração, com todo o amor que você tem pela alma de sua avó, nos diga: você matou o meu pai? - uma lágrima caiu.

Zé Doca não conseguiu conter a emoção ao lembrar da sua avó. Levou as mãos à face e lágrimas caíram se misturando à vermelhidão dos seus pulsos. Se sentiu, mais uma vez, responsável pela morte da avó e aquilo talvez fosse um fardo insuportável à sua existência. Em sinal de empatia, lembrou que não era apenas ele que tinha perdido um ente querido. Maria Clara também sofria a morte do pai e naquele momento se sentiu conectado a ela, não pelo amor, como queria, mas pela dor da perda. Um sentimento nefasto, porém real e verdadeiro.

- Claro que não, sinhá. Sou inocente. Juro que eu daria minha vida pra descobrir quem fez isso...

Maria Clara encarou os jurados, que retribuíram com um olhar piedoso. Em seguida cruzou com o semblante de dona Isaura, sua avó materna. As duas se entreolharam por um instante que parecia não cessar.

- Obrigado, por responder. - outra lágrima caiu.

- Pois bem, encerrado o interrogatório e não havendo pedido de diligências formulado pelas partes, vamos iniciar os debates orais, com o tempo regulamentar de uma hora e meia para cada uma das partes sustentarem suas teses, iniciando-se pela acusação – o juiz encarou o júri e em seguida voltou-se ao promotor. – O senhor está pronto, doutor?

- Sim, Excelência.

CAPÍTULO 25

FAZENDA DOS BAVARIANOS. DOIS MESES APÓS O CRIME.

Um longo caminho separava a residência de Maria Clara Bavariano, em Aqui-Perto, da penitenciária estadual onde Zé Doca estava recolhido.

Durante o percurso de volta para casa, um silvo fúnebre alinhou-se ao barulho do motor do taxi. Nenhuma palavra fora trocada. O choro seco de Maria Clara harmonizava-se com a paisagem sórdida que o veículo tentava, sem sucesso, deixar para trás. A conversa com o homem acusado de matar seu pai a deixou inquieta. Não encontrou o consolo que buscava, ao contrário, um turbilhão de sentimentos invadiram seu âmago, de modo nauseante. Somente quando os antidepressivos tricíclicos fizeram efeito é que ela pôde esquecer da dor e de todas as coisas que sentia.

Os olhos foram cerrados aos poucos e ela deslizou suavemente no banco de trás da pick-up preta, completamente desvanecida. A posição desconfortável não lhe incomodava mais. Nada lhe incomodava.

O sono profundo somente fora interrompido quando o motorista tocou-lhe o ombro.

- Sinhá! Sinhá! Acorde.

Maria Clara ergueu as pálpebras, lentamente.

- Chegamos, Sinhá.

- Mas já?

- Pois é, a sinhá dormiu a viagem inteira. Nem percebeu quando um dos pneus furou e eu tive que trocar.

- Realmente, eu apaguei por completo, peço desculpas.

- Não tem do que se desculpar sinhazinha. Era meu dever trazê-la em segurança e, graças ao bom Deus, aqui estamos.

O motorista ergue a mão e o gesto foi bem recebido por Maria Clara, que saiu do carro com um certo esforço, ainda sentido os efeitos dos remédios.

- Eu a acompanho até a entrada da casa, senhora.

- Não há necessidade, estou bem.

- Certeza?

- Sim, obrigado por hoje.

- Sempre às ordens, sinhá.

Fora da pick-up, os pensamentos voltaram a incomodar Maria Clara. Ela encarou por um momento o jardim da mansão, muito colorido, mesmo naquela época do ano, e tomou um ar fresco antes de se pôr a caminhar.

O céu negro não era capaz de esconder a beleza da casa, ao contrário, parecia realçá-lo, como um mantra extremamente eficaz. O som estridulante causado pelos insetos não incomodava a bela moça que seguia firme em seus passos.

- Cri-cri – faziam os grilos.

Ao alcançar o terraço uma voz agressiva a interpelou.

- Maria Clara! Maria Clara!

A jovem virou-se e se espantou ao ver um semblante conhecido.

- Itamar Pe-petrusco?

- Sim, senhorita. Eu mesmo.

- Meu Deus! O que faz por aqui, criatura?

- Desculpe o meu jeito, senhorita, e me desculpe o horário, mas é que o assunto é urgente. Estive lhe aguardando por um bom tempo.

- E do que se trata, Itamar?

- Sei que vai parecer estranho, mas preciso de um favor seu.

- Que favor – intrigou-se a jovem, recompondo-se.

- Preciso que você ajude meu amigo Zé Doca.

Maria Clara estremeceu.

- Mas o quê? Ora, diabos, como você tem coragem de vir aqui na minha casa, a esta hora da noite, sem convite e ainda mais para me pedir que ajude o assassino do meu pai? Você só pode estar louco. Vá embora, antes que eu chame alguém para lhe colocar pra fora.

- Senhorita, você tem que ajudar ele. Zé Doca é inocente. Sei que você esteve no presídio, e sei que você também sabe que não foi ele.

- Vá embora, é a última vez que peço.

- Eu preciso que você o ajude. Só você pode.

- Ora, seu... vou chamar aju...

- Eu sei quem matou seu pai.

O silêncio invadiu o ambiente. O som estridulante havia cessado.

CAPÍTULO 26

Olegário Parente ocupou o centro do salão, mantendo em si a atenção de todo o público. Parecia extasiado. Em sua vasta experiência, acompanhou diversos casos importantes em outros municípios, antes de ocupar a promotoria da comarca de Aqui-Perto. É reconhecido por sustentar a condenação de diversos criminosos. Surpreendeu a todos quando, contrariando as pesquisas que lhe indicavam como o próximo procurador geral do órgão, preferiu esconder-se na bucolismo da cidade interiorana. Sem ter muito o que fazer, Olegário buscava a todo custo demonstrar trabalho e fiscalizava tudo que ocorria na cidade. Na falta de órgão de trânsito, aplicou multas. Pela ausência de pagamento de dívidas, protestou o nome de alguns. Embargou obras, autorizou obras, enfim, tudo para manter-se ocupado, mas nada tão grandioso quanto este caso: o julgamento do suposto assassino do homem mais importante do município.

Era sua chance de voltar aos holofotes e ele estava pronto.

Usava suas melhores vestes talares, devidamente abotoada até onde seus braços alcançavam. Passeou as mãos pelos cabelos e aplicou-lhe pequenas palmadas, fazendo o mesmo com o bigode, em seguida.

O promotor deu alguns passos, apanhou uns papéis, alterou a ordem de alguns, depois devolveu-lhes à mesa. O público acompanhava cada movimento com o olhar atento.

- Bom dia, sua Excelência, Dr. Claustro Luis Barbacena, juiz de direito presidente deste egrégio tribunal do povo, que tem conduzido com rigor e pulso firme não só este processo mas todos que são de sua competência. Em sua pessoa, cumprimento a todos os serventuários de justiça desta Casa e o público em geral – passeou os olhos com desdém pela mesa ocupada pela defesa, tendo o réu próximo. - Gostaria de externar, em nome da promotoria de justiça do estado, minha sincera gratidão e respeito por cada um de vocês que acolherem o chamado deste tribunal e vieram a casa da justiça para julgar este perverso elemento que ocupa a tribuna dos réus. Sim, meus amigos, perverso. Um indivíduo ignóbil, que, dado seus atos nefastos, provou que não merece conviver em sociedade.

O promotor seguia atacando a honra de Zé Doca, que ouvia atentamente, cabisbaixo. Uma lágrima alcançava o chão sempre que uma frase de efeito era conclamada por Olegário Parente. Havia uma sincronia mórbida entre acusador e acusado, como uma dança da morte não ensaiada mas de uma astúcia crível.

O homem avançava cada vez mais em suas retaliações. Explorava as provas materiais e demonstrava a todo tempo aos jurados o exame pericial que apontava as digitais de Zé Doca no objeto do crime. Aquela, a bem da verdade, parecia a prova mais contundente, mais robusta e, portanto, fora agarrada pelo órgão de acusação com força vital.

Os membros do júri acompanhavam extasiados a cada palavra proferida pelo expert, a exceção do homem que ocupava uma das cadeiras da segunda fila, que arriscou um cochilo por trás dos óculos escuros que usava.

- Este homem, senhores! - gritava, apontando para o réu. - Aliás, me permitam a correção: esse monstro! Isso mesmo, monstro, porque um indivíduo capaz de matar um senhor de idade avançada, trabalhador, respeitado por toda a comunidade não pode ser humano. Me diga, elemento ruim, por que você matou o Sr. Antunes? Qual motivo lhe levou a fazer isso? Diga. Tenha pela menos a hombridade de dar essa resposta aos familiares e amigos da vítima, aqui presentes – disse, encarando Zé Doca.

- Esse rapaz, senhores, é um sociopata, possui transtorno de personalidade. Não se enganem com essa cara de coitadinho que ele ostenta aqui senhores. Diante de vocês está um verdadeiro criminoso, irrecuperável. Em outros tempos seria decapitado, enforcado ou queimado. Merecia a pena de morte, mas infelizmente não existe em nosso ordenamento jurídico. Membros do júri, o que a promotoria vos pede nesta sessão de hoje é simplesmente que façam justiça e que condenem o réu a pena máxima. Obrigado pela atenção.

Ao se despedir, Olegário Parente agarrou um copo com água, e levou-o até a boca enquanto ouvia aplausos efusivos de todo o público.

- É isso ai sô dotô, cabra bom da peste, rapaz. Pense numas palavras réa bem apalavrada.

- O homi fala bem, fala bem, fala bem. Tu viu? Fala bem, rapaz...

O espetáculo teatral parecia completo, todas as peças se encaixavam e exerciam devidamente suas funções. Zé Doca era apenas um coadjuvante, porém necessário para o *gran finale* e àquela altura, ele sabia disso. Sabia que, por mais inocente que fosse, ou que dissesse que era, sua palavra não teria nenhum valor. Seu acusador, um promotor de justiça de reputação ilibada levaria todo o crédito por conseguir condenar o assassino do Sr. Antunes, afinal de contas, o homicídio do homem mais poderoso da cidade teria que ser resolvido, para o bem de todos os aquipertenses e para que se resgate um pouco do prestigio nas instituições públicas envolvidas. O caso estaria solucionado e os cidadãos poderiam retomar suas vidas medíocres e monótonas. Certamente quem acompanhara o caso de perto iria se gabar para as próximas gerações, já que, possivelmente, nada de tão impactante ocorreria em um futuro próximo. A rotina da cidade seria alterada e um novo divisor de eras surgia. Não se sabia como seria a vida em Aqui-Perto após o falecimento do filho do fundador da cidade. Todos evitavam pensar nisso naquele momento e eles eram muito bom nisso.

Se tem uma habilidade que o nativo da cidade desenvolvia com maestria e perfeição era esta: evitar pensar.

Evitavam pensar sobre a fome, mesmo quando seus estômagos reviravam. Evitavam pensar sobre a sede, sobre a falta de recursos, sobre os problemas estruturais da cidade, e sempre que lhe ocorriam algum grave problema, evitavam pensar na solução, pois havia uma crença de que o tempo tudo resolveria. Certa vez um indivíduo da capital, sabendo disso, visitou a cidade para desenvolver sua dissertação de mestrado na tentativa de compreender o comportamento peculiar dos aquipertenses mas acabou se envolvendo tanto na comunidade que evitou encontrar respostas e fora forçado, por seu orientador, a mudar o campo de pesquisa antes que fosse tarde demais para qualquer coisa.

Naquele espetáculo teatral perfeito, que objetivava a condenação de Zé Doca, a todo custo, uma pessoa era visto como vilã, e ocupava a cadeira da defesa.

Maria Clara, ainda que dona de uma elegância e beleza hipnótica, naquele momento, era observada com desprezo por todos. Ninguém parecia compreender a filha da vítima atuaria em favor do acusado de matar seu próprio pai. O juiz não compreendia, embora se mantivesse imparcial. O promotor não compreendia. O público e os jurados muito menos. Sua avó, pessoa de toda a sua estima parecia bastante decepcionada e não conseguia fixar os olhos na neta por muito tempo.

Maria Clara levantou-se. O palco era seu. Estremeceu por um momento. Tentou fingir que não havia ninguém ali. Imaginou-se em um local seguro. Sua casa, ou melhor, a fazenda. Se imaginou nos braços do pai. Lágrimas escorreram como um córrego profundo e cintilante.

- Excelentíssimo senhor doutor juiz presidente deste egrégio tribunal do júri, Claustro Luis Barbacena. Douto promotor de justiça. – em seguida Maria Clara se vira para a plateia - Gostaria de cumprimentar o público em geral na pessoa de minha avó, pessoa muito querida na minha vida e que, certamente sofre a mesma dor que eu sinto neste momento. E lhe dizer, minha avó, que se eu estou aqui é para honrar a morte do meu pai, seu filho, pois para que haja um verdadeiro descanso eterno a ele e um conforto em nossos corações será preciso encontrar o verdadeiro assassino, aquele que está por trás disso tudo. Essa pessoa deve pagar.

Maria Clara e Dona Isaura trocaram olhares trêmulos e um abraço ocorreu em pensamento.

- Senhores jurados, gostaria de cumprimentar a todos que fazem parte deste corpo de sentença e, ao mesmo tempo, devo alertar que a missão dada a vossas excelências na tarde de hoje é imensa e se reveste na mais democrática das instituições brasileiras que sobreviveu as mais duras épocas.

O caso submetido à apreciação dos senhores é deveras complexo e deve ser visto em sua amplitude. Jamais deve se fazer uma análise superficial ou pronta dos fatos como quer mostrar a promotoria. Agindo assim rapidamente, estamos violando a ampla defesa e o papel do defensor no tribunal do júri, coisa que não queremos aqui, certo? O que peço aqui, senhoras e senhoritas, é que analisem com imparcialidade o caso. Para mim, mais do que para qualquer um desta sala, é imperativo que se puna quem matou a vítima. Mas não podemos buscar vingança, e sim justiça. E não é justo condenar alguém por um crime que não cometeu. Lembrem-se que o estado com todo o seu poder é como um rolo compressor contra o indivíduo acusado. Temos órgãos equipados e aparelhados especializados nesta função, e ao réu, sobra tão somente o apoio do seu advogado. Aprendi na faculdade que o advogado é responsável por tentar nivelar o processo, respeitando as regras do jogo e garantindo que todos os direitos dos acusados sejam respeitados, independentemente de quais crimes e quais acusação respondam.

Maria Clara proferia suas palavras com uma leveza que lhe era peculiar.

- Mas enfim, estamos aqui hoje porque o meu cliente está sendo acusado pelo ministério público de ter, no dia 31 de maio do ano em curso, no período da noite, atingindo com cinco golpes de faca a vítima – a palavra veio acompanhado de um soluço e uma longa pausa - e que ocasionaram a sua morte.

Pois bem, para sua defesa não irei alegar causas de exclusão de culpabilidade ou sequer causas de exclusão de ilicitude. Aqui, o caso é de absolvição, pois não há elementos suficientes nos autos que permitam inferir uma condenação.

A advogada aproximou-se do magistrado, solicitando os autos, o que foi atendido. Não era um processo tão volumoso como aqueles que se vê nas televisões quando se apresenta um caso de homicídio. Ao contrário, o documento se apresentava em folhas tímidas e coradas. Maria Clara passeou a vista por algumas páginas, enquanto retomava o discurso próximo aos jurados.

- Como se vê, este processo está maculado desde a sua origem. A investigação, com o perdão da palavra, foi extremamente mal conduzida. Não houve o devido isolamento do local do crime e as provas que ali poderiam ter sido colhidas foram todas contaminadas. Ao contrário do que quer fazer crer a acusação, o laudo, para minha estranheza, não é assinado por perito oficial, mas sim por policiais da cidade de Logo-em-Seguida, que foram nomeados ad hoc. Não se nega que a arma do crime foi encontrada. Mas, senhores, vocês acham que um indivíduo que premeditasse um crime contra uma pessoa tão importante teria o descuido de esquecer ou simplesmente abandonar a arma do crime próximo ao corpo? Não, não me parece razoável...

A medida que o discurso avançava o jurado se esforçava para demonstrar interesse, mas era compreensível que àquela altura a fadiga já lhes tivesse dominado, afetando a eficácia de alguns sentidos, especialmente a visão e audição.

- A acusação alega que o réu teria um motivo, mas qual seria o motivo? Vingança porque meu pai... perdão, a vítima, teria negado um prato de comida? Isso seria suficiente para que o réu se revoltasse a ponto de planejar a morte do seu patrão? Ora, nobres jurados, – prosseguiu ela, fechando os autos e devolvendo à mesa. O semblante havia mudado. As palavras foram tomadas por uma sutileza celeste. - eu conheço o réu, Zé Doca e sei que ele não seria capaz de tamanha atrocidade. Apesar da vida não ter lhe sido justa, este rapaz ostenta um coração puro.

Zé Doca ouvia atentamente a cada palavra. Cerrava a boca e os olhos, tentando engolir o choro. Dessa vez o pranto fora causado por um estalo feliz. Ser elogiado por seu amor platônico e naquelas circunstâncias não era algo esperado nem mesmo nos melhores sonhos do desafortunado. Estava extasiado. Mas, momentos felizes, por vezes precedem grandes tragédias, ou, como bem dizia *o Código de costumes e ditados populares Aquipertense, em seu capítulo 12, "atrás do pobre corre um bicho (ou um cobrador).*

- A vítima, meu pai, foi e sempre será o homem mais importante da minha vida. Embora não concordasse com tudo que ele pregava, me ensinou valores caríssimos. Era um homem ativo, perspicaz e não acredito que ele pudesse ser assassinado de maneira tão feroz e violenta e, em suas terras. Jamais. Ele sempre andava acompanhado dos seus funcionários. Confiava a vida a eles. Não, senhores. Isso é obra de alguém poderoso. Talvez mais poderoso que meu próprio pai. Membros do júri, eu gostaria de dizer quem matou meu pai. Mas não sei. Na verdade, conheci um homem que me disse saber.

O Público se assombrou.

- Mas o quê? Que homem? - perguntaram.

- Mas este homem, não me revelou o nome, mas me assegurou que iria desmascará-lo.

- Ora, mas quanta bobagem. Eu esperava mais de você, senhorita. Defendendo o assassino de seu pai e ainda inventando mentiras para influenciar o júri. Vamos, nos diga, cadê este homem, advogada? - intercedeu o promotor, furioso.

- Infelizmente ele não está aqui. Deve ter ocorrido algum problema. Ele disse que me traria a prova...

- Ah, ele disse... sei... mas se ele sabia quem matou seu pai, ele revelou o nome, não é mesmo?

- Não...

- Estão vendo. Excelência, pela ordem. Peço que retire dos autos esta última afirmação da advogada.

- Protesto aceito. Advogada, conclua sua fala, o tempo está encerrando.

- Eu não sei quem matou meu pai. Gostaria muito de saber. Mas eu não sei. O que sei é que o assassino não é o Zé Doca. Hoje, vossas excelências têm uma grande fardo, o fardo de decidir o destino desse homem conhecido por Zé Doca, trabalhador e honesto.

Assim, peço aos senhores que quando da votação que Deus toque a consciência de cada um de vós e que, mesmo que não se convençam totalmente da inocência do réu, existindo dúvida razoável, a defesa pugna pela sua absolvição. Ao decidir desta forma, vossas excelências estarão fazendo justiça. Agradeço a atenção de todos.

CAPÍTULO 27

12 HORAS ANTES DO CRIME.

Algumas horas antes de uma faca ser apanhada por um vulto na fazenda dos Bavarianos, os ânimos se acirravam na vizinha cidade de Logo-em-Seguida.

O período eleitoral se iniciava e a cidade seguia a pleno vapor. Damásio Guedes era um indivíduo muito vaidoso, porém demonstrava ser um articulista invejável. Passou seu mandato costurando o apoio de lideranças nacionais e estaduais visando fortalecer sua candidatura. Seus discursos inflamados e sua postura altiva lhe renderam fama e respeito em toda a região sul. De bons costumes e trajes elegantes, não era raro observá-lo no mercado público nos dias de feira, ou ainda, nos campeonatos de futebol local e vaquejadas. Sabia conquistar o povo e como mantê-los por perto. Embora a situação lhe parecesse confortável, posto que até o momento nenhum opositor ao seu governo se apresentou, Damásio não descansava. Tinha um plano que, se bem executado, o levaria ao governo estadual muito em breve. Entretanto, a julgar pelo seu semblante, algo o incomodava.

O prefeito de Logo-em-Seguida convocou uma reunião às pressas.

Uma mesa de mogno maciço tomava o centro de uma sala de mais de três dezenas de metros quadrados no segundo andar de sua residência. O anfitrião ocupava a cabeceira, e, ao seu lado direito estavam dois correligionários. O deputado Wallace Santos Neto e o vereador Tilápia.

Wallace Santos Neto era um cinquentão de baixa estatura e porte físico nada atlético. Possuía um bigode exemplar, em uma clara tentativa de suavizar a perca precoce dos cabelos. Estava em seu quarto mandato parlamentar. Velho conhecido de todos os piauienses, teve seu avô como porta de entrada para a política, vez que em seu primeiro mandato, o velho era o governador do estado. Seu pai foi prefeito da capital e também deputado federal por três legislaturas, antes de lançar-lhe como sucessor. O Deputado Neto tem um histórico de envolvimento com corrupção e lavagem de dinheiro, sendo acusado de chefiar uma organização criminosa responsável pelo sumiço de vultuosas quantias dos cofres públicos, mas, nada comprovado, já que, todas as vezes em que tentaram instaurar uma investigação para apurar as denúncias de maneira aprofundada, os delatores estranhamente desapareciam e os inquéritos eram arquivados.

O vereador Tilápia era o presidente da câmara de Logo-em-Seguida. Considerado o braço direito do prefeito na política local, o magricela de um metro e oitenta vestia-se em cores vivas, mas absolutamente contrastantes. Por conta disso, alguns populares formularam teorias para justificar. Uns acreditam que ele seja daltônico. Outros pensam que se trata apenas de uma forma de chamar atenção dos eleitores e oposicionistas já que, por onde passa desperta olhares curiosos. Alguns outros acreditam tratar-se apenas de uma absoluta falta de condição para adquirir roupas melhores, o que faz bastante sentido já que o salário de um vereador, especialmente em cidades pequenas como esta, fica quase que inteiramente comprometido com as promessas feitas aos eleitores durante campanha. Conta-se que uma certa vez o vereador decidiu caminhar até a padaria que ficava a duas quadras de sua residência e, no percurso de volta, surpreendido com alguns moradores da vizinhança, teve que se desfazer do dinheiro que carregava, dos pães que havia comprado, da camisa, do cinto de couro e do chinelo e, por um quarteirão a mais, certamente teria sido preso por ato obsceno e nudez em público. O certo é que desde então o indivíduo não consome mais pão e passou a lutar pela implantação do serviço de entrega à domicilio em todas as lojas e comércios da cidade.

O vereador ganhou o apelido ainda na puberdade, devido aos problemas de pele que enfrentava, com frequentes descamações.

Ao lado esquerdo de Damásio Guedes, duas poltronas eram ocupadas por seus homens de confiança para assuntos pessoais. Eram os seguranças do prefeito. Dois homens beirando os trinta anos, mas com muito vigor físico.

Trajavam roupa social escura, quase que lhes camuflando a pele.

- Deputado Walace, vereador Tilápia, agradeço por terem atendido o chamado e terem vindo tão rapidamente.

O vereador acenou com a cabeça.

- Eu não poderia deixar de vir, nobre amigo, muito embora esteja intrigado com o que pode estar lhe incomodando. A campanha vai bem. Tivemos várias filiações partidárias e adesões importantes. – disse o deputado, enquanto dobrava as mangas da camisa de algodão egípcio.

- Verdade, dotô, a cidade está com a gente. – confirmou o vereador.

- Sim, meus nobres amigos, a nossa campanha vai bem. Mas não é isso que me assombra nesse momento.

- E o que lhe aflige?

- Ouvi um rumor, senhores... – disse, encarando todos os quatro ouvintes, um a um.

- Rumor?

Fez um sinal afirmativo.

- E do que se trata esse rumor?

- Senhores, nós fomos descobertos. – disse Damásio, fazendo uma pausa dramática enquanto bebia um gole d'água.

- O que? – assustarem os presentes.

- Descobriram nosso plano.

- Mas, quem descobriu? – indagou o deputado, com um semblante assustado.

Um clima de tensão tomou conta da sala de reuniões. Um vento sombrio atravessou a janela e atingiu os presentes, depois saiu sem ser notado. Cada um dos ouvintes pareciam desfalecidos. A preocupação era compreensível. Havia muita coisa em jogo. Um plano mancomunado por anos entre eles e que estava próximo de finalmente ser executado parecia correr perigo.

- Um homem muito poderoso e de uma família bastante influente, conhecido por todos aqui.

Os telespectadores ficaram atônitos, aguardando a revelação como se assistissem ao desfecho de uma novela mexicana.

- Arnaldo Antunes Bavariano.

- O quê? O Sr. Antunes? – indagou o vereador.

- Isso mesmo.

- Santo Deus! E como ele soube? E se ele tiver contado para mais alguém? Meu pai, estamos lascados...

- Não. Até agora só ele sabe. Mas meu informante me disse que ele pretende revelar tudo amanhã.

- Aquele velho. De certo que ele não comungaria conosco. - resmungou o deputado.

- Não é possível. Estaremos arruinado. – constatou o vereador. Os seguranças do prefeito acompanhavam silentes.

- Sim, certamente. Mas poderemos usar o jornal para reverter a situação e mudar o foco da opinião pública.

- Ele também sabe sobre o jornal e todo o esquema.

- Meu Deus! Então, é pior do que pensei.

- E então, o que faremos?

- É por isso que os convoquei, senhores. Para discutirmos as estratégias.

- Não há tempo para estratégias, Damásio. Você sabe que esta informação nas mãos erradas aniquila toda a nossa carreira, nossas aspirações e, pior ainda, destrói o nome das nossas famílias. Não podemos deixar que isso aconteça, em absoluto.

- Seria bom a gente marcar uma reunião com o velho. – sugeriu o vereador.

- Inviável, vereador. Ele jamais negociaria a informação. Não se esqueça de que estamos falando de um homem que sempre foi nosso opositor na região. Além do mais, com essa vantagem ele certamente terá a oportunidade de dominar o estado.

- Eu conheço o Sr. Antunes. Não é do tipo que atende um apelo como esse. Aquele velho desgraçado...

- Então, o que sugere, deputado?

- Devemos resolver isso hoje mesmo, antes que a notícia se espalhe.

- E como faremos isso?

- Do jeito que tem que ser.

- Prepare seu melhor transporte, prefeito e um bom motorista. Tenho um homem ideal para resolver isso com a urgência e o sigilo necessário.

- Certeza?

- Absoluta. Só precisamos de um bode expiatório. Alguém pra levar a culpa.

O prefeito pareceu resistente ao discurso, mas, após um melhor juízo de valor, verificou ali uma oportunidade de reverter a situação de uma maneira bastante positiva, mais até do que pretendia inicialmente.

- Nesse caso, deputado, se seu homem for mesmo dos bons, creio que temos uma excelente maneira de eliminar, de uma vez só, dois problemas que particularmente nos interessa muito.

- Ótimo.

- Peço licença aos senhores, irei telefonar para minha irmã.

CAPÍTULO 28

- A sessão está suspensa. O júri irá se reunir na sala secreta, para decidirem o destino do réu. - decretou o juiz.

A multidão levantou. Os mais ansiosos sequer perceberam o avançar do horário. Ninguém almoçou, a exceção do prefeito e sua comitiva, que receberam a comida em suas cadeiras, além de Damásio Guedes.

- Eu tenho certeza que este tribunal fará justiça e o povo de Aqui-Perto vai voltar sua vida normal. - bradava o prefeito, aproveitando a pausa para fazer seu discurso político. - Ficará a lição para aqueles que pensarem em cometer delitos, pois em nossa cidade o crime é severamente punido. Aqui tem lei. Aqui tem justiça. Aqui tem prefeito.

- É isso ai meu prefeito, aqui se faz aqui se paga.

- O Tribunal fará justiça porque o povo de nossa cidade já cansou de sofrer, seu energúmeno. Nosso povo já cansou da violência e dos impropérios causados por sua gestão mafiosa – respondeu Mafuá Bandeira, em igual tom – e fará justiça também nas urnas, ao lhe tirar o mandato, cabra safado.

- Muito bem, Mafuá. Joga na cara dele. Irri. Urru.

- Você tenha respeito, seu crápula. Você é responsável por isso, por desvirtuar os valores de nosso povo com suas ideias absurdas estampadas naquele jornalzinho de merda, seu comunista insolente. Mas os cidadãos aquipertenses não são massa de manobra para serem enganados por você, seu criminoso.

- Ora mas você me respeite. Criminoso é você e sua família. Todos metidos na política, posando de bom samaritano, enchendo os cofres dos seus e secando os do município, seu criminoso de colarinho branco. Não pense que vai ficar impune por muito tempo, sua hora vai chegar, seu bandido mesquinho.

- Você tá me ameaçando, rapaz?

- Não, só estou profetizando. E digo mais, tem muita coisa por trás dessa morte do Sr. Antunes, acredito na filha dele. Tem gente grande por trás, e não me estranharia que fosse um político safado que tivesse dado a ordem... - desdenhou Mafuá Bandeira.

- O que está insinuando, seu bandoleiro de meia tigela?

- Meu bem, por favor, não entrem em discussão com esse abitolado. Se recomponha, nossos eleitores estão aqui. Devemos manter a calma. - aconselhou sua esposa.

- É verdade, meu irmão. Deixa que depois nos acertamos com esse desequilibrado.

O prefeito de Logo-em-Seguida, por outro lado, parecia ansioso. Talvez quisesse que tudo aquilo acabasse logo, afinal de contas, deveria retornar para sua cidade ainda naquele dia e a viagem não era das mais agradáveis. Estava mais reservado do que o habitual para um político. Não esboçava sorrisos forçados, nem distribuía abraços ou mensagens de otimismo, como comum à classe. Batia os pés no chão em movimentos repetitivos e chegou a roer a unha de um dos polegares, em claro sinal de inquietação. Ana Cláudia observou atentamente, mas não interpelou o irmão quando este levantou e saiu em direção à porta, juntamente com o deputado. Ela percebeu quando ele fez sinal a um indivíduo que os acompanhava, mas não percebeu quando Damásio entregou um pequeno papel ao indivíduo, que saiu em disparada.

- Algum problema? - perguntou, quando o irmão retomou o assento.

- O quê? Não... nenhum problema, querida irmã. Tudo se organizará.

O júri deliberou por não mais de cinco minutos, o que renderiam àquele episódio o título, anos depois, de segunda decisão mais rápida tomada em julgamento feito pelo Tribunal do Júri. O primeiro lugar pertencia a um julgamento ocorrido no norte do Pará onde um grileiro era acusado de matar mais de cem índios. A decisão, neste episódio, foi tomada em menos de um minuto. Muito embora depois tenha sido descoberto que na sala secreta os jurados foram acompanhados por um homem armado que exigia uma decisão favorável. A sentença nunca foi anulada e o réu foi absolvido por unanimidade, sendo hoje um dos maiores criadores de gado de todo o país.

A deliberação ocorreu de forma tão rápida que surpreendeu até o juiz togado, que aproveitava a pausa para tirar um cochilo. Como o guarda não ousou acordá-lo, houve uma espera de quase uma hora, o que gerou outro problema vez que quando o juiz reabriu a sessão eram os jurados quem dormiam, sem cerimônia. Não se pode culpar somente o Dr. Claustro pelo atraso no reinício da sessão, pois Olegário Parente também se manteve trancafiado no banheiro de seu gabinete alegando desarranjo intestinal, e quando o juiz ameaçava retomar o julgamento, ele pedia uma nova pausa e saia em disparada.

Quando pareceu melhor, e com alguns quilos a menos, Olegário pediu desculpas ao magistrado e a sessão foi reaberta.

- Ordem! Ordem!

Os jurados acordaram.

- Indago aos membros do júri se chegaram a uma conclusão?

- Sim. - disse o porta-voz, entregando um papel ao escrivão. O objeto foi levado até o juiz.

- Pois bem. Esta é a expressa vontade de vocês?

- Sim, senhor! - disseram, unanimemente.

Uma tensão tomou conta do ambiente. Zé Doca acompanhava a tudo, cabisbaixo. As próximas palavras decidiriam seu destino pelos próximos anos, talvez por toda sua vida. Estava em jogo o único bem que ainda lhe parecia palpável: sua liberdade. Seria seu fim? Seria assim que Zé Doca se despediria do mundo livre, como um assassino? Era seria a imagem que lhe acompanharia ao túmulo?

- Pois, bem, em reunião neste tribunal na data de hoje, em que se apura a acusação formulada pelo ministério público em razão do homicídio do Sr. Arnaldo Antunes Bavariano, o corpo de jurados decidiu que o réu Manoel Alberôncio Leomar Miranda Clementino Furtado Oliveira da Silva Pereira, vulgo Zé Doca é culpado.

Todos se agitaram.

- É isso ai. Vai morrer na cadeia, cabra safado.

A euforia tomou conta do ambiente. A multidão estava em coro. Até opositores políticos se abraçavam, em comemoração.

Maria Clara não esboçou reação. Apenas observava Zé Doca com um olhar piedoso.

- Desculpa, Zé...

- Não precisa se desculpar, sinhá. Ocê fez seu melhor e foi a única a ficar do meu lado. Nem sei como agradecer o que fez por mim.

Pelo visto, o destino do desafortunado estava selado. Os leitores podem se indignar ao observarem tantas desventuras na vida do pobretão Zé Doca. Podem julgar que o autor fora negligente, descuidado, talvez desumano, mas a verdade, senhoras e senhores, é que Zé Doca, assim como as leis de Murphy, obedecem a princípios próprios, e forças obscuras parecem rondar o rapaz. Não parecia haver um final feliz para ele, ou, na melhor das hipóteses, a felicidade consistiria em ter um final. Assim, com o fim, toda dor acaba.

- Tendo o réu sido condenado, passo a fixar a pena do mesmo - disse o juiz. - Por ter assassinado a vítima a sangue frio, mediante emboscada e sem possibilidade de resistência, o réu cumprirá pena de prisão perpétua por homicídio duplamente qualificado e deverá... – O discurso do juiz foi interrompido por passos fortes provenientes do corredor que dava acesso ao pátio. O barulho era grave e fez com que todos ficassem claudicantes.

O barulho se aproximou e rompeu a porta. Zé Doca encarou o indivíduo, perplexo. Maria Clara brilhou os olhos.

- Desculpa o atraso, dotô, é que o trânsito tá puxado por conta desses acontecidos, o senhor sabe – disse o indivíduo barulhento.

O juiz encarou o sujeito, empertigado.

- Quem és esse indivíduo que desrespeita o tribunal?

- Perdão, excelência, a defesa chama para depor a testemunha Itamar Petrusco – disse Maria Clara, confiante.

PARTE IV

CAPÍTULO 29

- Protesto, Excelência! A promotoria não tinha conhecimento da indicação deste sujeito como testemunha – berrou Olegário Parente.

- Isso é um absurdo, um fanfarrão se apresenta a essa altura pra tentar subverter a ordem. Não se pode aceitar tal coisa – comentou Chico Perniz.

- Calma, meu bem. De certo que isso não dará em nada, mas devemos ouvir o sujeito, embora tenha certeza que seja só um aproveitador em busca de fama - afirmou Ana Cláudia.

- Verdade, minha amiga – complementou o deputado –, de certo não haverá de ser nada. E os três trocaram olhares indecifráveis.

Claustro Luis Barbacena, presidente daquela sessão do júri, estava claudicante. Como um bom gaúcho tinha hábitos e costumes precisos. Era tido como um juiz legalista, muito embora às vezes tivesse de forçar a interpretação de alguma norma para resolver um caso de acordo com suas convicções. Sob todo ângulo que se observe a sua vasta carreira, podia-se afirmar que era avesso a surpresas ou reviravoltas em casos sob sua jurisdição. Definitivamente, não gostava de surpresas.

- Doutora – disse o juiz, inclinando-se para a advogada -, eu não permito esse tipo de atitude em meu tribunal. Aproximem-se, agora. – bradou o juiz.

O promotor e a advogada de defesa obedeceram.

- Doutora, me explique por que diabos este homem não foi arrolado como testemunha no prazo legal.

- Excelência, não foi possível arrolar a testemunha antes devido à dificuldade de localização e contato com a mesma, tendo em vista que não reside neste município. Mas seu testemunho é extremamente importante para que se faça justiça aqui. Não podemos condenar um inocente, doutor.

- Ora, mas isso não é motivo suficiente, nobre magistrado. Se vossa excelência aceitar a testemunha todo o julgamento será maculado. Há uma verdadeira inversão processual e desrespeito às regras do jogo.

- Discordo.

- Doutora, não vou aceitar este individuo como testemunha de defesa.

- Mas, excelência, ele revelará fatos cruciais para a análise e apuração do fato sob julgamento. Creio que seja de interesse de todos os jurados e deste tribunal descobrir a verdade por trás da morte do meu pai... quer dizer, da vítima... – disse, marejando.

- Não o aceito como testemunha de defesa, Doutora.

- Sábia decisão, excelência! – conclamou o promotor.

- Contudo – disse erguendo o tom de voz e encarando os jurados – este tribunal, em nome da verdade real, aceita o senhor Itamar Petrusco como testemunha deste juízo.

O martelo acertou a mesa com a mesma velocidade em que o sorriso na face de Maria Clara apareceu.

Itamar ocupou a cadeira destinada às testemunhas. O tribunal foi reorganizado, em meio a balbúrdia e protesto de toda o público. O juiz ameaçou usar da força policial e só então os ânimos foram contidos.

O escrivão pediu um documento de identidade e se apressou em qualificar o interrogado, antes de devolver a palavra ao juiz.

- Seu nome completo?

- Itamar Petrusco do Nascimento e Silva.

- Idade?

- Trinta – falou com uma certa resistência.

- Profissão?

- Eu era vaqueiro, mas aí veio essa última seca e os bicho morreram tudo de fome lá na fazenda, daí tive que sair.

- Não perguntei o que você fazia, mas sim o que você faz atualmente?

- Ah, sim, autoridade. Sou profissional liberal autônomo do ramo multidisciplinar varejista. - disse, usando uma expressão que significava, na prática, que ele era um faz tudo.

- Você era amigo íntimo ou inimigo da vítima?

- Não, senhor.

- Você é amigo íntimo ou inimigo do réu?

- É... sou apenas colega. - respondeu, após recordar o que Maria Clara tinha lhe advertido em relação ao depoimento de amigo íntimo.

- Protesto, Excelência, resta evidente que a testemunha é amiga do réu e por isso tenta ajudar-lhe a todo custo, atrapalhando o desenrolar dos fatos judiciais.

- Excelência, a testemunha tem o único fito de dizer a verdade e ajudar este tribunal na consecução do seu fim maior que é de fazer justiça. Deixe que a própria testemunha esclareça a acusação de ser amigo do réu, por obséquio. Só preciso lhe fazer algumas perguntas, se o nobre magistrado autorizar.

O juiz raciocinou um pouco antes de se dar por vencido.

- Vá em frente – ordenou.

- Itamar, a promotoria alega que você é amigo íntimo do réu. Nessas circunstâncias, lhe pergunto: você visita a casa do réu?

- Não, senhorita. - disse e não estava mentindo, vez que se fossemos adotar o conceito de casa aliado ao conceito de propriedade, bem sabemos que Zé Doca não era dono do imóvel onde residia.

- Você sai para festas com o réu?

- Não, senhorita. - talvez fosse verdade.

- Você frequenta bares com o réu?

- É... não... - essa certamente era mentira.

- Você tem alguma foto junto com o réu?

- Nenhuma, senhorita.

- Nesse caso, excelência, se a testemunha não frequenta a casa do réu, não sai com este para festas ou bares e nem possui um retrato com este, certamente não podem ser considerados amigos íntimos.

A expressão foi tão certeira que Zé Doca precisou de um tempo para analisar e reavaliar o relacionamento pessoal, seja lá qual for, que tinha com Itamar Petrusco.

O juiz intercedeu.

- Nesse caso, você irá depor na qualidade de testemunha, e, portanto, presta o compromisso legal de dizer somente a verdade daquilo que sabe, sob pena de cometer o crime de falso testemunho, compreendeu?

- Sim, excelência.

- Pois bem, devo dizer que sua atitude é desprezível, ao adentrar a casa da justiça de maneira totalmente arbitrária e fora de hora. Isso prova que você não tem nenhum respeito pelas tradições e pelas leis do nosso Estado. Bah, tchê! – bufou o juiz, quebrando um pouco o formalismo -, em outros tempos eu não permitiria tamanha insolência e certamente te ordenaria a prisão. Mas, por consideração à intercessão de sua advogada e em respeito aos altos valores da justiça social, irei ouvi-lo, mas espero profundamente que tenha algo valioso para compartilhar com todos nós, ou então, não descarto a possibilidade de que faça companhia ao réu, seja qual for o destino dele. - o magistrado fez uma breve pausa enquanto tossia em um lenço amarelado.

Zé Doca vibrava, mesmo sem ter a perfeita compreensão do que estaria por vir. Se lembrou da conversa que teve com Itamar, ainda na delegacia, e a promessa que este tinha lhe feito. Talvez sua sorte mudaria a partir daquele depoimento. Poderia ser, finalmente, um final feliz. Toda sorte de bons pensamentos invadiram o pensamento do pobretão e seu corpo expeliu uma reação natural, em forma de gases, suficientemente forte, fazendo com que as pernas da cadeira que ocupava ringisse no solo. Por conta disso, recebeu uma severa reprimenda do juiz e a sessão suspendeu-se por alguns minutos, enquanto o salão era esterilizado e perfumes eram espalhados pelo ambiente.

Ao cabo daquele momento desagradável, o depoimento foi retomado.

- Então, senhor Itamar Petrusco, você está ciente de que este júri, avaliando as provas que foram documentadas nestes autos – rezou o juiz, apontando para o processo -, condenou à unanimidade o réu Manoel Alberôncio, vulgo Zé Doca?

- Acabo de ficar ciente, excelência.

- Você sabe que a decisão do júri é soberana?

- Sim, senhor.

- E você alega que a decisão do júri é equivocada e levaria a prisão um inocente?

- Isso mesmo.

- Pois diga de uma vez, jovem, o que tem de tão importante para compartilhar com este tribunal e com esses digníssimos jurados?

- Zé Doca é inocente, senhores do júri. Eu sei quem matou o Sr. Arnaldo Antunes Bavariano.

A plateia entrou em choque. Os jurados se entreolharam, sem compreender bem a situação.

- Ordem! Ordem! - bradou o juiz.

- Então, se está tão convencido de saber a verdade, pondo em cheque toda uma investigação policial e a imparcialidade deste tribunal, responda, quem matou a vítima?

- Quem matou o Sr. Antunes foi... - disse Itamar Petrusco, não conseguindo conter o nervosismo. O depoente levantou sem pedir licença.

Encarou Maria Clara por um instante. A moça estava deveras curiosa, não somente porque poderia, com aquela última cartada, absolver seu cliente, mas principalmente por estar prestes a ter revelado o nome do verdadeiro assassino de seu pai. Poderia finalmente saber quem de fato lhe tirou a possibilidade de viver vários momentos felizes com seu genitor, de compartilhar suas conquistas. Era agora completamente órfã e teria que ser forte, pois sabia que sua avó precisaria mais ainda de seu apoio. O nome poderia lhe trazer paz de espírito mas, sabia, jamais traria o velho Bavariano de volta.

- Diga logo, homem.

Os olhos de Itamar passeavam pelo salão. No percurso encontrou Zé Doca totalmente inquieto. Avançava pelos jurados e por fim se dirigiu à plateia. Se equilibrava na ponta dos pés e se esforçava com a cabeça, como se procurasse alguém, e só quando seu campo de visão alcançou a primeira fila, se deu por satisfeito.

- O homem que matou o senhor Arnaldo Antunes Bavariano está aqui, senhores. O assassino é o prefeito desta cidade, o senhor Chico Perniz. - completou, apontando para o algoz.

O tribunal e o público empalideceram.

Todos estavam incrédulos com a afirmação de Itamar Petrusco. Zé Doca se sentiu aliviado. O peso de mais de tonelada tinham sido tirado de seu ser. Finalmente parecia que o final feliz de Zé Doca havia chegado e ele sairia daquele tribunal absolvido e todos se retratariam das infundadas acusações que lhe lançaram. Com um pouco mais de sorte, poderia, em alguns meses, manter uma boa relação com Maria Clara e agradecer por tudo que ela lhe fez. Poderia o amor platônico se transformar em algo concreto, palpável, mas, em se tratando do desafortunado Zé Doca, devemos ter calma pois uma aparente boa notícia pode esconder uma série de eventos piores que estejam por vir. Nunca se sabe...

Sendo justo, o pobretão merecia usufruir do momento. Todas as atenções que foram lhe dedicadas durante os últimos dias estavam voltadas para um novo alvo. O prefeito ficou atônito. Um suor gélido escorrera sobre seu semblante.

- O quê? O prefeito? - indagaram os jurados, o que parecia ser o mesmo questionamento da maioria do público.

- Eu não disse? Sabia que tinha dedo podre desse lazarento por trás de tudo. Uma trama arquitetada por este prefeito mesquinho. - discursou Mafuá Bandeira.

- Cale a boca seu marqueteiro de araque. Você não sabe o que diz. - respondeu Ana Cláudia.

- O prefeito né disso não, rapaz. É homem honesto. Tá doido. - rebateu um correligionário.

- Não me surpreende que além de ladrão seja assassino. - prosseguiu Mafuá Bandeira.

O caos povoou o ambiente. A discussão inflamada descambara para agressões físicas. Cadeiras foram arremessadas, além de diversos outros objetos que não foram feitos para serem lançados. Um destes objetos atingiu o deputado, e seus seguranças reagiram. Os dois policiais presentes tentaram dispersar o tumulto, efetuando dois disparos para cima. Contudo, devido à falta de habilidade com o artefato, o que se justifica já que nunca na história de Aqui-Perto foi preciso efetuar algum disparo de dispersão, ou, melhor dizendo, qualquer tipo de disparo de arma de fogo, os tiros acabaram atingindo uma parte da tubulação, molhando os presentes que estavam mais ao fundo. Já anoitecia quando a balbúrdia fora contida, com a intervenção firme do promotor de justiça e do juiz, ambos armados. O deputado também fez lá seu papel, pedindo calma a todos, sob o olhar atento de seus seguranças. Os técnicos do tribunal foram forçados a desligar o contador de água, impedindo um alagamento no ambiente.

- Ordem! Ordem. Respeito com este tribunal, ou eu encerro a sessão.

- Pois deveria encerrar mesmo e prender esse energúmeno que me acusa de algo tão vil - disse Chico Perniz, ao se manifestar pela primeira vez sobre a situação.

- A testemunha ainda está sob juramento. Silêncio a todos para que eu possa prosseguir com seu depoimento.

Ao som do terceiro martelo todos os presentes silenciaram, a exceção do prefeito que cochichava maledicências.

- Excelência, que conste nos autos que a testemunha indica o prefeito Chico Perniz como o autor do crime. - requereu Maria Clara, furiosa.

O registro foi inserido como requerido pela defesa.

- Por que acusa este homem? Você o viu cometer o crime?

- Não, senhor.

- Seu insolente. - gritou o prefeito.

- Então, com base em que o acusa?

- Eu tenho provas. - disse, retirando do bolso da camisa dois objetos.

- Quando eu soube do ocorrido e da acusação que fizeram contra o Zé Doca, eu vi que algo não estava certo. Ele não é o tipo de gente que mataria alguém. Então, sabendo que a polícia não iria ajudar, fiz uma investigação particular?

- Você é detetive?

- Não, mas já tive um caso com uma.

- Bobagem! Pura especulação sem pé nem cabeça - dizia o prefeito.

- Na minha investigação, visitei a cena do crime algumas vezes, e eu percebi algumas coisas estranhas, como alguns rastros e situações que me deram a certeza de que o local foi modificado para apagar rastros. E foi tudo muito bem feito. Tanto é que só na quarta vez que estive no local é que percebi, coberto pela areia do local, um objeto.

- Que objeto?

- Um anel.

- Ora, mas um anel pode ser de qualquer pessoa. Como sabe que era de propriedade da pessoa que você acusa?

- Porque o anel tem o brasão da prefeitura de Aqui-Perto. E somente o prefeito da cidade o possui. Não existem cópias.

Os jurados voltaram os olhos a Chico Perniz. O prefeito observou a mão direita, incrédulo. Não havia sentido falta do artefato que usa com tanto apego, até aquele momento.

Itamar Petrusco entregou o anel e uma fotografia ao juiz, que os passou aos membros do júri.

- Esta fotografia foi tirada no local em que encontrei o anel, e aqui – apontou ele – era onde o corpo foi encontrado. Pela distância e angulação, é possível afirmar que este anel foi perdido no momento em que abandonavam o corpo ali.

- Espere, mas o quê? Você tá doido, rapaz? - disse Chico Perniz, cada vez mais nauseado.

O júri observou com atenção. O promotor demonstrou curiosidade e sabia que, pelos melhores manuais de criminologia, havia fundamento na versão apresentado pela testemunha.

- Quanta bobagem. Devo admitir que você tem tino pra fantasia. Mas não vou deixar que tente enganar meu povo com suas palavras irresponsáveis e mentirosas, seu boneco do capeta. Eu não sei como nem onde você conseguiu pegar meu anel, mas te garanto que pagarás caro por isso.

- Tão vendo, meu povo? Tão vendo. Diante da acusação, o prefeito, em vez de trazer argumentos concretos, ameaça a testemunha. É essa a reação que se espera de alguém que ocupa a chefia do executivo municipal? - ironizou Mafuá Bandeira.

- Cale-se seu comunista, ou vou ai te arrancar a cabeça – disse, tentando avançar em seu opositor.

Os policiais contiveram o princípio de motim.

- Silêncio, ou encerro esta sessão e mando todo mundo pra cadeia. É o último aviso.

- Perdão, excelência, mas não posso me calar diante de tamanha acusação que este forasteiro me lança.

- Eu entendo, prefeito, e vossa senhoria terá tempo pra falar.

- Pois então, excelência. Confesso que isso tudo me pegou de surpresa. Estou neste tribunal como todo cidadão de bem desta cidade, para ver a justiça ser feita e a paz reestabelecida em nossa cidade. Nunca pensei, nem na pior das hipóteses, que de um simples ouvinte passaria a condição de acusado. Meu Deus! É lógico que a história é toda sem pé nem cabeça. Eu sempre fui muito próximo de toda a família Bavariano, os parentes podem confirmar isso. Todos sofreram com esta perda, e eu, especialmente, pois todos sabem que perdi um grande amigo. Uma dor que não consigo superar.

- Um grande amigo a quem você devia um alto valor, não é mesmo? - questionou Itamar Petrusco.

O júri observou Chico Perniz, friamente.

- O-ora, mas o quê?

- O empréstimo que você fez e não conseguiu honrar, não é verdade.

- Si-sim, fiz um empréstimo, mas de certo que pagaria.

- Peço licença, excelência, para apresentar o documento que comprova a dívida, assinado pelo prefeito. O documento estava no quarto da vítima. É bom que se diga que o obtive com a permissão da família para revirar os objetos pessoais do falecido.

Maria Clara fez que sim, com a cabeça.

A cada prova apresentada o júri e os presentes demostravam perplexidade.

- Esta assinatura é sua? - questionou o juiz.

- Si-sim.

- E não é verdade que você, quando estava no prédio da prefeitura, recebeu uma visita da vítima na sexta-feira, dia 31 de maio, poucas horas antes do falecimento deste?

- Si-sim, mas era uma visita de rotina.

- Do que se tratava a visita?

- É...

- Meu pai era um bom cobrador. Não admitia calotes. Diga, prefeito, pela consideração que diz ter a nossa família, o que ele queria com você naquele dia? - indagou Maria Clara.

Chico Perniz estava claudicante. Se esforçava para esconder o nervosismo, mas suas mãos trêmulas lhe denunciavam.

- Ele foi questionar o pagamento da dívida, sim, mas expliquei a ele que se me desse mais um tempo eu conseguiria pagar tudo direitinho.

- E ele simplesmente aceitou sua justificativa?

- Nã-não. Ele ameaçou tomar outras medidas, mas depois me concedeu um novo prazo.

- Prazo que evidentemente não precisou ser cumprido, pois ele estaria morto naquela mesma noite... - concluiu Maria Clara, desolada.

- Por Deus, por todos os santos e por meu padrinho Padre Cícero, eu não fiz isso. Eu não matei o Sr. Antunes. Na noite do crime eu estive o tempo todo em casa, não sai pra nada, minha esposa pode confirmar isso.

O público se voltou para Ana Cláudia.

- Você confirma que seu marido esteve em sua residência durante toda a noite do dia 31 de maio deste ano?

Ana Cláudia estava trêmula. Era uma mulher encantadora e bastante conservada para a sua idade. Talvez o fato de não ter filhos pesasse a seu favor. Mas o fato era que sabia se cuidar. Tinha um corpo aprumado e com a escolha certa de roupa aguçava a imaginação e os desejos dos homens mais exigentes. Contudo, naquele momento, sua inquietação colocava em segundo plano suas qualidades visuais. Encarava o marido com delicadeza. As mãos de ambos se entrelaçaram e houve um aperto forte. Os olhos de Ana Cláudia marejaram e Chico Perniz não compreendera bem a situação. Era uma pergunta simples. Esperava uma resposta simples. Mas a resposta, embora simples, não foi a esperada e causaria uma mudança drástica nos eventos futuros.

- Não, excelência, não confirmo. - disse, largando de súbito as mãos do marido.

- Ma-ma-mas, o quê?

O público mais uma vez empalideceu. O promotor coçava o bigode e revirava as folhas dos autos. O jurado, muito confuso, tentava conversar entre si, mas logo lembraram da regra da incomunicabilidade que os envolvia, como um mantra.

- Ana, meu amor. Como pode dizer isso? Eu passei aquela noite inteira em casa, com você.

- Me desculpa, Chico, mas não posso mentir em juízo, senão posso ser presa, você não viu? - disse ela, aos prantos.

- Mas não é mentira.

- É sim. Você estava em casa naquele começo de noite, é verdade. Conversamos sobre várias coisas, mas por volta das sete horas, ou, melhor dizendo, das dezenove horas, você saiu alegando que tinha que resolver um problema urgentíssimo. Daí só me lembro que peguei no sono por volta das vinte e duas horas e até então você não tinha chegado. Até fiquei preocupada...

Chico Perniz enrubesceu. Todas aquelas acusações lançadas por Itamar Petrusco não causara tamanho impacto em seu âmago como as palavras proferidas por sua esposa Ana Cláudia, mulher com quem dividira mais de uma década de vida. Não conseguira digerir aquelas palavras. Nem a violência do seu suco gástrico seria capaz de triturar aquilo. Toda a trajetória de vida e os incontáveis momentos felizes e tristes que compartilharam passaram em um curto flashback. Não conseguira dizer mais uma palavra. Seu corpo se entregou. Estava paralisado.

Todos estavam paralisados.

Não havia muito para falar.

Até os opositores silenciaram.

As palavras de Ana Cláudia foram firmes, carregadas de uma emoção aparentemente genuína e nada poderia contestar aquilo.

- Mas isso é impossível! - bradou o prefeito, quando retomou o fôlego – e a faca encontrada na cena do crime? Ela tinha as digitais desse elemento – apontou para Zé Doca –, ou vai negar isso também?

O Júri encarou a testemunha.

- A faca não é objeto do crime, excelência. Ela foi plantada para incriminar o Zé Doca.

O Júri voltou a encarar o prefeito.

- O quê? E como eu faria tudo isso? Olhe pra mim, como um indivíduo da minha idade faria todo esse trabalho sozinho e ainda conseguiria esconder o corpo e adulterar a cena do crime? - ironizou.

O júri acompanhava, com a cabeça mil. Era muito informação e muita atenção para ser dividida, de modo que uma dor de cabeça coletiva se instalara.

- O senhor não fez o serviço sozinho. Teve um comparsa.

- O quê? - espantaram-se todos.

- O quê? - repetiu o prefeito, titubeando.

- Isso mesmo, sua excelência, juiz. Ele teve um comparsa- disse um homem, adentrando ao tribunal.

Todas as atenções voltaram-se para a figura. Era um indivíduo alto, de corpo rijo. As mangas curtas de sua camisa xadrez tentavam resistir à pressão dos bíceps. Em uma primeira impressão, qualquer um julgaria estar diante de um verdadeiro brutamonte, embora parte da crítica feminina pudesse divergir. Tinha uma pele parda, daquelas que não se bronzeia facilmente, segundo a escala de fitzpatrick.

A figura se aproximou do centro do salão, ignorando os olhares curiosos. Somente quando retirou o chapéu de palha fora possível notar uma cicatriz disforme em sua face, além de um cabelo crespo com algumas regiões por preencher.

- Eu, Darquibaldo Chuázinegui, cometi este crime a mando do prefeito, excelência, e estou aqui para me entregar e pagar pelo que fiz. Este rapaz acusado do crime – falou firmemente, apontando para Zé Doca - não tem nada a ver com isto.

O delegado ergueu as sobrancelhas, em uma epifania.

- É ele. Este é o caçador de que falei. O homem que relatou ter encontrado o corpo do senhor Antunes enquanto caçava... Meu Deus! Eu fui enganado... agora faz todo o sentido.

- O senhor Antunes não foi morto com golpes de faca, como todos acreditaram, mas sim asfixiado. As lesões foram causadas apenas para confundir a perícia, e estava indo tudo bem, até que eu vi as notícias e fiquei abalado em saber que um inocente pagaria pelo crime enquanto eu e aquele elemento – apontou para o prefeito – ficaria impune. Não posso ver um pobre ser injustiçado enquanto um rico mais uma vez fica impune, por isso resolvi me entregar.

- Senhor prefeito Chico Perniz, você está preso sob a acusação de ter assassinado o Sr. Arnaldo Antunes Bavariano. Tem direito a constituir um advogado e tudo que disser poderá ser utilizado contra você no tribunal. Prendam também este indivíduo que confessou o crime. As circunstâncias relevantes serão oportunamente esclarecidas. Ordeno a imediata exumação do corpo da vítima para que o instituto de criminalística avalie a causa da morte.

Chico Perniz foi conduzido, sem esboçar qualquer reação. Darquibaldo não ofereceu qualquer resistência às algemas, embora tenha dado certo trabalho utilizar o artefato devido a rigidez dos seus pulsos. Ao sair encarou o deputado e Damásio Guedes até os perder de vista.

Não houve uma clara compreensão do que acontecera, mas o fato é que ainda durante aquela sessão o jornal Pomba-Gira publicara uma edição extraordinária apresentando um dossiê sobre as reviravoltas do caso e todas as provas que ligavam o prefeito Chico Perniz ao assassinato e distribuiu gratuitamente em tiragem e velocidade recorde.

- Diante dos novos fatos, a decisão tomada por este júri fora anulada e nova decisão será proferida após ouvir os acusados. Proceda-se as alterações devidas nos autos. A sessão está suspensa até o resultado do exame pericial. - bateu o martelo o juiz.

CAPÍTULO 30

DIAS DEPOIS DO CRIME.

Havia algo de confuso na pacata cidade de Aqui-Perto e essa afirmativa começava a fazer sentido a partir do próprio nome dado ao lugar. A toponímia desastrosa, sem nenhum cuidado, tampouco baseada em pesquisas históricas, antropológicas e geográficas fora apenas o ponto de partida. Em seguida, as estações ficaram confusas e se fundiram em uma só e toda essa confusão atingiu os animais adestrados, de modo que não é comum encontrar um casal formado por espécimes diferentes, ou, ainda, observar uma ovelha disputar o canto com um pardal, ave comum na região. As pessoas, contudo, são particularmente mais confusas do que todo o resto, mas isso é relativo já que, sob a perspectiva de um nativo, se o você questioná-lo, ele chegará a conclusão deque na verdade, você é absolutamente estranho e representaria um risco à sociedade aquipertense, sendo, de logo, excluído.

Itamar Petrusco não nasceu em Aqui-Perto, mas sim na cidade vizinha, e portanto, embora não fosse completamente estranho, conservava a maioria das características dos nativos.

Definitivamente, Itamar possuía muitos defeitos, mas nenhum deles correspondia a abandonar um amigo em um momento que este realmente precisasse. É verdade que, no que se convencionou chamar de passado, ele tenha tido um caso com a esposa de um amigo seu enquanto este estava em coma, mas isso convém lembrar. O fato é que aquele rapaz nutria um sentimento especial por Zé Doca. O tinha como um irmão e sabia que devia fazer algo por ele, ou então, ninguém faria.

Desde a visita na delegacia, Itamar se manteve ocupado. Talvez isso explicasse o fato de não ter ido visitar o amigo na prisão, ou talvez tenha sido a falta de dinheiro mesmo. Mas, sendo honesto, ele estava trabalhando. Passou os últimos dias analisando todas as provas produzidas. Teve acesso a cópia inquérito por meios escusos – seduziu uma jovem pela qual o Cabo Amarante tinha afeição e esta, por sua vez... bem, vocês entenderam. -, analisou as provas e percebeu, com a ajuda de algumas outras amantes, que havia muitas falhas na investigação. Foi então que decidiu visitar a cena do crime. Fez isso por algumas vezes. Encontrou o que pareciam pegadas, não relatadas no inquérito, mas em sua maioria, já apagadas pela ação do tempo. Parecia estar sempre um ou dois passos atrás. As coisas não iam bem. Pensara em desistir por diversas vezes, mas lembrava de Zé Doca, acusado de um crime bárbaro e sozinho, em uma cela, sujeito a todas as agruras que sequer poderia imaginar. Pensou na morte de Dona Rita. Zé Doca não tinha ninguém. Tinha que ser ele. Recuperava então o fôlego, insistia, estudava, mas não avançava. Somente na quarta vez que retornou à cena do crime é que sua sorte pareceu mudar. Em uma de suas lamentações, enquanto chutava o solo próximo onde o corpo fora encontrado, um objeto reluzente surgiu. Era um anel de ouro maciço. Continha o brasão da prefeitura municipal e só poderia pertencer a uma pessoa. Tentou adentrar a prefeitura, mas não obteve êxito. Foi então que resolveu interpelar Maria Clara, filha do falecido, pedindo acesso à fazenda. Prometeu encontrar o assassino de seu pai, mas só lhe revelaria o nome quando tivesse todas as provas. A moça ficou reluzente, afinal de contas, já tinha sofrido demais. Contudo, acabou cedendo, e foi no quarto do velho que ele encontrou mais uma prova: o documento que atestava a dívida vencida, assinado por Chico Perniz.

É bem verdade que não eram provas deveras convincente, e ele sabia que não seria suficiente para inocentar seu amigo, afinal de contas, para livrar Zé Doca, um pobretão sem qualquer importância, ele pretendia acusar uma das personalidades mais poderosas da cidade: o prefeito Chico Perniz.

Não seria uma tarefa fácil e certamente um anel com o brasão da prefeitura e um documento que comprovava a dívida não seria suficiente para o intento.

Pensou, pensou e pensou por dias a fio e só quando seu último neurônio se esgotou é que ele sucumbiu. Àquela altura Zé Doca já sentava no banco dos réus no Tribunal da cidade. A sessão já havia começado. Itamar Petrusco tinha feito uma promessa para Maria Clara e outra para Zé Doca, e não iria conseguir cumprir nenhuma das duas. Não sabia o que fazer. Entrou em pânico. Sabia que se entregasse as provas que tinha na delegacia, qualquer um poderia dar cabo nelas, afinal de contas, é bastante possível que a delegacia e a prefeitura tenham trabalhado em conluio. Praguejou a si mesmo por mil gerações. Iria descumprir a promessa que fez a Maria Clara, mesmo depois de toda a ajuda que ela forneceu. Iria desonrar a palavra que deu ao amigo e o deixaria ser condenado por algo que não fez. Não conseguiria conviver com esse peso. Pensou em suicídio, e começou a escrever uma carta daquelas típicas desses momentos.

Então surgiu um homem.

- Itamar Petrusco?

- Foi ela que deu em cima de mim, eu juro.

- O quê?

- Sua mulher. Foi ela quem deu em cima de mim. E nem me disse que era casada.

- Calma, sô. Eu nem tenho mulher.

- Ah, tá. Tanto faz.

- Você é amigo daquele rapaz que tá sendo julgado agora no tribunal, né? O tal do Zé Doca?

Itamar não conseguiu esconder a curiosidade. Um estalo tomou conta de seu ser.

- Sim, por quê?

- Ainda dá tempo de você ajudar ele, sô.

- Dá não, eu fracassei, me deixe aqui em paz, sô. – desanimou.

- Eu sei que você sabe quem matou o Antunes.

- Como?

- Isso mesmo, sô. Eu sei que você sabe que foi o prefeito.

- Si-sim, mas como você sabe disso também?

- Porque eu estava lá. Eu fui contratado pelo prefeito para matar o Bavariano. Ou você acha que aquele traste faria tudo só?

Itamar ficou em choque.

- As coisas saíram do controle, e quando eu vi que aquele sujeito foi acusado do crime eu tinha que fazer alguma coisa, mas não podia falar com o prefeito. Sabia que ele me apagaria, assim como fez com o Antunes. Então achei melhor me entregar, e acabar com tudo isso de uma vez. Venha, temos que ir ao tribunal. Se quiser salvar seu amigo, a hora é agora. Te conto tudo no caminho.

Itamar Petrusco amassou o papel, deixando cair e seguiu o sujeito desconhecido. Era sua única chance.

CAPÍTULO 31

SEXTA-FEIRA, 31 DE MAIO. 18 HORAS.

O CRIME.

A lua surgia timidamente ao leste, prenunciando a escuridão que viria. Os funcionários da fazenda dos Bavarianos, em sua maioria, já haviam se recolhido para seus dormitórios. Evaldo marchava lentamente em seu cavalo, verificando se todos os animais estavam em seus pastos. Era um dos encarregados da fazenda, um sujeito extremamente alto e de porte físico invejável. Esforçava-se para acomodar um chapéu de palha em sua cabeça de dimensões consideravelmente maior que a média humana. A ausência de polegares não lhe permitiam executar algumas tarefas mas, por outro lado, os tornou bastante útil em tantas outras. O velho Antunes o tinha com certa estima, embora não demonstrasse.

Evaldo aproveitou o fim do expediente para verificar o trabalho que Zé Doca havia realizado no reparo das cercas e parecia tudo em ordem. Na última légua antes de chegar à sede da fazenda ouvi um estalo, mas julgou que o barulho teria sido provocado por alguma ave. Existem muitos tipos naquela região. Talvez se fosse mais cedo teria se certificado melhor. Preferiu ignorar, e outro barulho ocorreu, rompendo uma das cercas de acesso à residência.

O jantar na casa dos Bavarianos tinha um clima carregado. Dona Isaura recomendava ao Sr. Antunes coisas de mãe. Havia uma preocupação nela, mas não entrou em detalhes.

- Maria Clara ligou. Disse que virá tão logo conseguir uma folga no escritório. - disse a velha.

- Que ótimo! - bufou o senhor Antunes, não demonstrando nenhum interesse em manter o diálogo.

- Você está sentindo algo, meu filho?

- O quê? Não, mãe, estou bem. Por que perguntas?

- Sinto que você talvez esteja escondendo algo. Você sabe que pode conversar sobre tudo comigo, meu filho. - disse a velha.

- E-eu estou sem apetite, minha mãe. Talvez a comida tenha me feito mal. Vou me deitar. Odelina, minha cama está preparada?

- Sim, patrão.

- Vou dormir, mãe. Amanhã tenho muita coisa pra fazer, não posso me dar ao luxo de sucumbir a uma indisposiçãozinha. A benção?

- Deus o abençoe, meu querido filho. Descanse bem.

O velho se recolheu ao seu quarto em passos apressados. Era uma suíte espaçosa e bem cuidada. Uma longa cortina escondia uma janela de madeira nativa. Desabotoou a fivela do cinto e seguiu em direção ao banheiro, com notável urgência. O excremento atingira a água com violência, respingando em seu corpo, mas isso não importava naquele momento. Após despejar dois quilos de massa fétida no vaso pôde finalmente suspirar. Sentiu-se melhor e pensou em voltar para falar com sua mãe, talvez se despedir de uma forma menos rude, ou pelo menos tranquilizar aquela velha senhora que demonstrava preocupação genuína. Era isso que ele iria fazer, mas antes de alcançar o trinco da porta de acesso ao corredor, foi envolvido por um braço viril. Uma mão tampava a boca do velho, enquanto o braço oposto lhe aplicava uma gravata. O senhor Antunes tentou lutar por sua vida, mas sabia que era inútil. Uma sombra surgiu pela fresta da porta. Alguém surgira no corredor.

- Filho, você está bem? - perguntou Dona Isaura, aplicando dois toques suaves na porta.

O velho Bavariano tentou responder, buscou algum objeto, algo que pudesse tocar e que poderia emitir um sinal a sua mãe, mas não conseguiu.

"Deve estar dormindo", pensou Dona Isaura, e se retirou para o seu quarto, onde poderia fazer o mesmo.

O senhor Antunes tentava a todo custo resistir, sem sucesso. Tentou estapear seu agressor ou atingir-lhe em região sensível, mas sua pouca flexibilidade aliada a imobilização momentânea, não permitia grandes movimentos. Buscou algum motivo para aquilo. Quem o queria morto? Quem teria tamanha coragem de invadir sua fazenda para ceifar sua vida? Não conseguiu pensar em ninguém. E o certo é que quando ele desvaneceu por completo acabara levando essa dúvida para o túmulo, pois não chegou sequer a ver seu algoz, ou ouvir sua voz. E foi assim que se encerra a vida do homem mais importante de Aqui-Perto. O homem respeitado por uns e temido por todos. O homem de reputação ilibada, que sempre encarou a vida de frente, mas que morreu com a incerteza e com todos os questionamentos que caberiam então às autoridades responderem. Como? Por quê? Quem?

Aliado aos questionamentos dos mortos, um termo sempre haverá de perseguir aqueles que, de fato, sentem a dor da perda, acreditando que poderiam ter feito algo de diferente e que mudaria tudo. E se...

E se Evaldo tivesse verificado o barulho que ouvira minutos antes do trágico acontecimento?

E se dona Isaura tivesse insistido com o filho e entrado em seu quarto?

E se todos prestassem mais atenção aos sinais?

E se...

Mas, convenhamos, a morte é impiedosa e irrevogável, não admitindo uma segunda chance, muito embora algumas religiões discordem.

O fato é que, empiricamente falando, havia um corpo na casa dos Bavarianos, e ninguém percebeu.

Ninguém percebeu quando porta da cozinha foi empurrada, como se atingida por algo delicado como o vento.

Ninguém percebeu quando um vulto avançou pelo espaço, empurrando um corpo coberto por um lençol de seda.

Ninguém percebeu quando o vulto retomou a posição original e partiu, tudo rápido, mesmo sem saber precisar cientificamente a velocidade dos vultos.

Ninguém percebeu quando a faca que estava disposta sobre a tábua de cortar legumes, havia sumido.

A uma certa altura, o indivíduo fez um sinal de luz, o que foi respondido por outro sinal de luz idêntico.

O corpo foi arrastado até o sinal de luz dado em resposta. Além do indivíduo forte, havia agora outro indivíduo, um pouco mais magricela, mas ainda assim tão sombrio quanto aquele.

O corpo foi colocado cuidadosamente em um cavalo de bom tamanho, e cada um dos elementos segurava de um lado, mantendo o equilíbrio. Ao atingir certa distância, na estrada do Pau D'arco, os indivíduos atravessaram a cerca e lançaram o corpo ao chão. Os dois sujeitos mexiam no corpo com delicadeza, como dois experts.

É lugar comum dizer que assassinos são, no geral, pessoas frias e calculistas, e possuem a incrível habilidade de esconder provas ou simular situações de modo a embaraçar as investigações, podendo, assim, viver tranquilamente enquanto a polícia gasta meses a fio em um trabalho que, no final das contas, culminaria no arquivamento do inquérito, ou da denúncia, ou no fim da carreira do delegado que chefiou o ato, já que no geral não havia nenhum suspeito.

Os indivíduos, mesmo que aparentassem certa habilidade, estavam claramente incomodados.

- Era assim mesmo que era pra ficar? – indagou um deles, analisando o cadáver.

- Rapaz, acho que era.

- Bicho, tô em dúvida, deixa eu consultar no desenho. - o indivíduo puxou um documento do bolso, contendo instruções para o cometimento do crime e uma figura que representava a posição do corpo. O documento continha trechos destacados da edição especial do Fantástico Manual das Pericias Irrealizáveis e Indizíveis, livro extremamente raro escrito pela Sociedade dos Peritos Ocultos e Agregados.

- Ah, é só mexer um pouco mais pra direita, e jogar esse braço pra cá... - disse, seguindo as orientações contidas no documento, com todo o cuidado.

Os dois indivíduos usavam luvas de modo que fosse impossível lhes rastrear.

- Agora o anel... deixe-me ver, vou colocar bem aqui – disse o primeiro indivíduo.

- Não Darquibaldo, coloca um pouco mais distante, pra que não fique assim tão aparente... podem desconfiar.

- Verdade, bem pensado, cabra.

- E agora, o toque final. - disse Darquibaldo, puxando do bolso um objeto envolto em um saco plástico.

- Muito bem, hora de colocar as digitais do prefeito na arma do crime que será... esta faca aqui.

- Isso mesmo, sô. Mas faça logo as perfurações no corpo e misture com um pouco de sangue que extraí dele lá na fazenda.

- Sete tá bom?

- O combinado eram doze.

O plano perfeito estava prestes a ser concluído. O homem mais importante da cidade fora morto e naturalmente haveria uma investigação rigorosa em relação a isto. Quem quer que tenha feito aquilo, teria que ser muito habilidoso se quisesse escapar da cena.

Ao cabo do quinto corte feito, um barulho atravessou o espaço. Alguns passos acompanhado de um sibilar desafinado foram ouvidos.

- Meu padim padi ciço. Tá vindo alguém Darquibaldo.

- Valei-me, pois vamo simbora homi. Corre.

- Não podemos, ainda temos que colocar as digitais.

- Esquece isso, se a gente for pego nós vamo colocar digital é na cadeia, sô. Vamos, depois a gente volta e termina o serviço. Corre...

O indivíduo menor pulou no cavalo, assumindo as rédeas e Darquibaldo alcançou a garupa. Partiram em direção a uma estrada vicinal, coberta por matagal.

Não perceberam quando a faca caiu.

CAPÍTULO 32

Sob os protestos do povo que ostentavam faixas com frases de efeitos geralmente clamando por justiça, a sessão do tribunal do júri de Aqui-Perto fora restabelecida, quase duas semanas após a suspensão das suas atividades.

Àquela altura Chico Perniz perdera todo o apoio político e familiar.

O presidente estadual do PEIDO, Partido Evolucionista da Integração e Desenvolvimento Organizado revogou publicamente o apoio a sua candidatura à reeleição e, mais do que isso, aplicou-lhe a penalidade de banimento, o que fez com que perdesse todas as regalias que ainda dispunha na penitenciária. Ainda conservava o mandato, pelo menos enquanto não tenha sido condenado.

Se apresentou com uns bons quilos a menos, em um uniforme não tão luxuoso como as roupas que habitualmente vestia. Tentou esconder a face ao adentrar no tribunal, mas aquilo não mudaria em nada o fato de que estava bem encrencado e que, parte disso se devia ao fato de que sua esposa, seu único álibi, ao invés de lhe ajudar, o deixou em uma situação bem delicada. Durante a quarentena, tentou compreender a postura de Ana Cláudia, sem sucesso. Não havia motivos para ter feito aquilo, mas, com ou sem motivos, ela fez.

Mafuá Bandeira, por outro lado, tinha toda a pompa de um oportunista. Seu apoio popular, nas últimas semanas, teve um crescimento vertiginoso. Estava tão em alta que não enxergava um adversário a altura. Pensou até em desdenhar a disputa ao executivo municipal e lançar sua candidatura ao senado, mas quando se recuperou do devaneio assumiu que a prefeitura estaria de bom tamanho.

Quando a ordem do dia foi lida a multidão se aglomerava por um espaço no salão. Os jurados, que eram os mesmos do julgamento anterior, pareciam aborrecidos e isso ficava evidente pelos trajes que usavam, uns marrom escuros, outros vermelhos escuros, e outros preto do tipo totalmente escuro.

Ana Cláudia ocupava uma cadeira de destaque na primeira fila e trazia um lenço onde fingia enxugar os olhos marejados. Seu irmão, Damásio Guedes, lhe trazia companhia e consolo, enquanto trocava sorrisos com uma bela moça que sentava mais ao fundo. O deputado Wallace e o vereador Tilápia completavam a comitiva.

Fora lida o resultado da exumação do corpo e os peritos oficiais concluíram que, de fato, o Sr. Antunes teria sido morto por asfixia, provocada por esganadura e levaram cerca de duas horas para tentar explicar aos jurados, em termos didáticos, em que consistia exatamente isto, além de questões relacionadas a coagulação do sangue. Afirmaram que quando dos golpes de faca o velho já havia falecido e que, portanto, houve uma clara tentativa de simulação da causa mortis. A discussão a respeito deste tema foi um dos pontos cruciais, gerando diversas intervenções tanto da promotoria como da defesa, mesmo que para a vítima pouco importasse a causa da morte, pois traria o mesmo efeito prático.

Quando do depoimento dos réus, o primeiro a falar fora o delator. Darquibaldo Chuázinegui encarou o banco dos réus como uma criança indo à colônia de férias. Repetiu com convicção tudo que já havia falado, mas agora em registro oficial. Informou ter sido contratado por Chico Perniz para dar cabo à vida do Sr. Antunes, vez que o contratante informou que estava sendo pressionado por conta de uma dívida e tinha receio que o pior pudesse acontecer a ele ou sua esposa. Informou que se encontraram na estrada que corta os fundos da fazenda e executou o serviço quando a vítima se preparava para dormir.

Maria Clara e Dona Isaura acompanhavam a tudo como se fossem coadjuvantes de um filme de terror. Petrônio e Potrínio faziam companhia, além do médico da família, por precaução.

- E a faca?

- Como eu disse, excelência. A faca fora ideia do prefeito, para tentar confundir as investigações.

- E você sabe dizer por que as impressões digitais do senhor Chico Perniz não foram encontradas na arma, mas sim a do indivíduo Zé Doca?

- Olha, sô doutor, o que eu sei é que o prefeito tava de luva, assim como eu. Já sobre a digital do rapaz lá, ai eu não sei. Ele deve de ter sido o último a tocar na faca, quando ela ainda tava na fazenda, não?

Chico Perniz iniciou o depoimento aos prantos. Negou veementemente qualquer participação no crime. Negou conhecer Darquibaldo ou ter conspirado com este sobre o assassinato. Pediu uma oportunidade para desabafar, mesmo seu advogado sendo contrário.

- Povo de Aqui-Perto, nobres jurados.

Todos lhe observavam atentamente, como a um último capítulo de uma boa novela mexicana, se é que elas ainda existem.

-Por toda a minha vida eu vivi os princípios que nós pregamos nesta cidade. Aqui estudei, me criei, sai em busca de melhorias pra todos nós e voltei. Aqui fiz minha vida, minha família – uma breve pausa dramática -. Sempre respeitei os valores do nosso povo. Como prefeito sempre prezei pela paz, pelo amor ao próximo...

- Deixa de ser mentiroso, cabra safado. Tu és um assassino e corrupto. – esbravejou Mafuá Bandeira, sob os aplausos de muitos.

- Ordem! Ordem! – martelou o juiz.

- Como prefeito, sempre dei o meu melhor por nosso povo. Sempre me entreguei por inteiro. Sempre estive disposto a ouvir e ajudar. Como todos sabem, conservo os valores cristãos ensinados por nosso Deus Pai Todo Poderoso e por nosso Padrinho Padre Cícero. E como cristão é que clamo a vocês que acreditem em mim. Eu não matei o Sr. Antunes. Eu jamais machucaria qualquer pessoa que seja. Isso não passa de uma trama bem arquitetada e que, ao que me parece, envolve até pessoas que é... eram da minha absoluta confiança. Isso deve ser obra dos meus opositores, bandidos travestidos de políticos que vivem de campanha difamatória. Não me surpreendo se tiver o dedo desse comunista de araque ai do PEBA – gritou ele, direcionando todo o seu rancor a Mafuá Bandeira.

- Vixi, macho, falou de ti. Tu vai deixar, vai? Eu num deixava não... deixava não... – inflamou um dos presentes.

- Deixa de ser cretino que eu não sou da tua laia. Vim aqui só pra ver você pagar pelos seus crimes, seu bandido. Vá fazer política agora na cadeia, seu assassino.

- Vixi, essa resposta foi boa, sô. Foi boa, rapaz, foi boa...

- Ordem! – disse o juiz -, por favor, conclua seu discurso.

- Pois bem, excelência, só peço aos jurados que analisem bem, que deixem as paixões e eventuais diferenças políticas de lado, neste momento. O que eu peço é que toquem o coração de cada um de vocês e façam justiça me absolvendo. Só assim eu poderei recuperar um pouco da minha dignidade e prometo que não medirei esforços para ajudar nossa cidade a encontrar o verdadeiro criminoso e descobrir tudo que está por trás desse assassinato.

O discurso inflamado fora encerrado com um choro categórico. Zé Doca acompanhava discretamente, próximo a saída, ao lado de Itamar Petrusco. Um turbilhão de emoções lhe dominava. Duas semanas atrás era ele quem sentava naquela cadeira e clamava por sua absolvição. De algum modo, se solidarizou com o prefeito. Será que ele falava a verdade? Será que poderia lhe ajudar de alguma forma?

Enquanto divagava sobre essas e outras questões o júri deliberou e chegou a um veredicto, que foi lido pelo juiz presidente.

- O júri declarou o réu Darquibaldo Chuázinegui culpado do assassinato cometido contra o Sr. Arnaldo Antunes Bavariano.

Todos aplaudiram.

- Ainda sobre este caso, o júri declarou o réu Chico Perniz culpado do assassinato cometido contra o Sr. Arnaldo Antunes Bavariano. Sendo assim, fixo a pena de prisão perpétua a ambos, sem direito a condicional, devendo ser imediatamente recolhidos à penitenciária estadual. Sessão encerrada.

CAPÍTULO 33

TERÇA-FEIRA, 4 DE JUNHO.

Uma reunião de emergência fora convocada na residência de Damásio Guedes, quando o prefeito noticiou um código verde zero horas amarelo sapato que, em outras palavras, significava que um Problema de Urgência Urgentíssima que Precisa Ser Imediatamente Resolvido tinha surgido.

Um Problema de Urgência Urgentíssima que Precisa Ser Imediatamente Resolvido era exatamente aquilo que o nome sugere. Tentaram lhe atribuir alguma sigla, mas nenhuma era de fácil assimilação, de modo que concordaram ser mais conveniente o uso do código que envolve cores e informações escolhidas aletoriamente. O código era pouco usual e por isso, quando acionado, provocava pavor nos membros do clã.

Algo terrível poderia ter ocorrido e todos suspeitavam do que pudesse ser.

O deputado Wallace Santos foi o primeiro a chegar, com sua comitiva. Sempre elegante, se apressou a ocupar uma poltrona da sala de reuniões. Aceitou um café adocicado e andejou discursos políticos com o anfitrião, enquanto aguardavam a chegada dos demais. Darquibaldo Chuazinégui entrou sem fazer alarde e ficou de canto, observando através da janela.

O vereador Tilápia passou pela porta com certa dificuldade, se inclinando um pouco, e juntou-se aos demais. Trajava uma camisa cor púrpura que contrastava com a calça jeans azulada, com detalhes em preto metálico.

- Deputado, satisfação lhe rever. Pena que seja nestas circunstâncias.

- Pois é, nobre amigo.

- Nossa, não tinha visto essa belezura ainda – disse Tilápia, admirando um aparelho de televisão que assentava na estante. – Que maravilha estrambólica, prefeito. Comprou agora né? Nunca tinha visto. Rapaz, que bicha invocada...

- Sim, é novinha em folha. Comprei agora. Veio da China, coisa de primeiríssima qualidade.

- Colorida?

- Cem por cento. E é daquelas que não pifa.

- Oxenti, não pifa não é? Pense numa tecnologia véa coisada... botei fé.

O aparelho de televisão de vinte polegadas em questão era fabricado para durar, na contramão dos aparelhos de obsolescência programada tão comuns no mercado atual. A grande diferença entre um objeto fabricado para não quebrar de jeito nenhum e um objeto que seja previsível que se quebre é que, quando um objeto fabricado para não quebrar de jeito nenhum quebra, não haverá conserto nem peças de reposição de modo que o único modo de manter aquele mesmo modelo é, de fato, comprando outro.

Ana Cláudia foi a última a chegar, o que era perfeitamente compreensível não só porque, assim como o deputado, vinha de outra cidade, mas, sobretudo porque, diferentemente do deputado, era uma pessoa vaidosa e excessivamente adepta do uso de maquiagens.

- Minha irmã, até que enfim.

- Desculpem o atraso, a estrada estava pior que o costumeiro – mentiu ela.

A estrada que ligava Aqui-Perto a Logo-em-Seguida não possuía pavimentação. Suas dezenas de quilômetros oscilavam entre barro, capim e areia, com a prevalência deste último. Em épocas de chuva, o que era raríssimo, havia alagamentos consideráveis, ficando intrafegável, a não ser para algumas caminhonetes tracionadas ou pequenas canoas.

- Seu marido desconfiou de algo?

- Não, de modo algum. Disse a ele que tinha uma reunião de rotina, mas devo estar em casa antes do jantar, por isso, devemos nos apressar.

- Pois bem, estando todos presentes, vamos direto ao ponto. – disse o anfitrião.

- Como todos vocês sabem, temos um Problema de Urgência Urgentíssima que Precisa Ser Imediatamente Resolvido.

- Sim. Ficamos todos aflitos. Já se passaram anos desde a última vez em que se emitiu o código.

- Verdade.

Até onde se sabe, somente duas vezes o código fora acionado. Na primeira vez todos ficaram tão confusos que acabaram não compreendendo bem o código e nem a urgência da situação, de modo que o problema não foi resolvido. Na segunda vez, o código foi até compreendido, mas, devido ao tempo desperdiçado para desvendar o código, o problema não foi resolvido. Aquela era a terceira vez que surgia um Problema de Urgência Urgentíssima que Precisa Ser Imediatamente Resolvido e agora, todos conseguiram compreender a tempo de enfrentar a situação.

- E em que consiste Problema de Urgência Urgentíssima que Precisa Ser Imediatamente Resolvido? Alguém pode me explicar por que meu marido não está preso ainda? – perguntou Ana Cláudia, tomando cuidado com o decote.

- O plano não saiu como o esperado.

- O quê? Como assim? Mas o Bavariano está morto, eu vi nos jornais – exclamou Ana Cláudia.

- Sim, está.

- E então, qual seria o problema? – questionou o deputado.

- Darquibaldo, explique para todos o que houve, de uma vez.

O carrasco se aproximou. Era um homem muito alto e de ombros largos. Os trapézios salientes não deixavam dúvidas acerca de sua personalidade. Dedicava muito tempo ao corpo e quase nenhum à mente de modo que havia uma relação proporcional entre o crescimento de seus músculos e o atrofiamento do seu cérebro.

- Então... fizemos todo o serviço como o combinado...

- Certo, mas cadê seu parceiro, por que ele não veio?

- Não pôde, chefe. Está ocupado com outro serviço.

- Certo, mas se fizeram o serviço conforme o combinado, qual foi o problema.

- Calma, que vou explicar tudo, deputado.

Todos observavam atentamente.

- Fizemos o trabalho como pedido. Entrei na casa, matei o velho e depois pegamos uma faca da residência. Com essa faca furamos ele, para simular a situação que combinamos. No entanto, na hora de implantar as digitais, apareceu alguém...

- Alguém? Quem?

- Não sabemos, mas por conta disso tivemos que fugir antes de colocar as digitais. E foi por isso que não ligaram o assassinato ao Chico Perniz.

- Meu pai, como você pôde se esquecer disso? Era a principal parte do plano. Isso é o que dá contratar amadores, Damásio.

- Calma, minha irmã. Tudo vai se resolver.

- Vai se resolver como? Você sabe que para o projeto e para liberar o empréstimo é necessário a assinatura dos prefeitos dos três municípios. E eu, como vice-prefeita, só posso assinar essa merda se o prefeito for afastado do cargo. E o prefeito só pode ser afastado se for cassado, preso ou morto.

- Olha, meu nobre amigo Damásio. É realmente uma situação preocupante. Eu usei de todas as minhas influências políticas em Brasília para conseguir emplacar o projeto. Consegui convencer os banqueiros a liberarem o empréstimo. Organizei toda a papelada, mas se o plano falhar, a minha pele está em risco. Eu tenho muito mais a perder que todos vocês, muito mais – falou o deputado, bastante irritado.

- Calma, pessoal. Calma. Estamos aqui justamente para buscar uma solução.

- Como? Se aquele sujeito já foi até preso acusado do crime.

- Isso aconteceu porque as digitais dele foram encontradas na faca. As dele, e não as do meu marido, seu incompetente. – disse Ana Cláudia, direcionando sua raiva para Darquibaldo.

- Calma, doutora. Eu não sei como as digitais daquele rapaz foram parar na arma. Ele era funcionário da fazenda. Deve ter usado ela pra alguma coisa. Mas ainda tem como concertar as coisas.

- E como faríamos isso?

Uma pausa foi sentida e um vento atravessou a janela, despertando uma ideia em Damásio.

- Alterando a cena do crime.

- Mas não há mais tempo pra isso.

- Claro que há – disse o prefeito.

- O Darquibaldo descobriu que tem um rapaz investigando o crime.

- Um detetive?

- Não, só um imbecil amigo daquele pobretão que está preso.

- Mas em que isso nos ajudaria?

- Ora, não é obvio. Ele está investigando o crime para tentar provar, a todo custo, que aquele rapaz é inocente. Então, se dermos algo pra ele. Algo por onde ele começar, ele se agarraria a isso com tudo.

- Boa idéia. Podemos colocar no local um objeto pessoal do Chico. Um que ninguém mais poderia possuir?

- O que seria?

- O anel com o brasão da prefeitura.

- Excelente ideia. – aplaudiu o deputado. – Contudo, penso que o anel poderia até convencer o tal do rapaz que está investigando, mas não seria suficiente para convencer o juiz e os jurados a condenarem o nosso desafeto. Este plano não funcionará...

- Mas poderá funcionar, se, além do anel, uma testemunha se apresentar com informações concretas.

- Uma testemunha?

- Melhor dizendo, alguém que participou efetivamente do crime.

Todos os olhares se voltaram para Darquibaldo.

- O quê? Vocês querem que eu me entregue? Estão doidos?

- Todos aqui nos sacrificamos por esta causa. Todos fizemos nossa parte. Já você, tudo que tinha que fazer era matar o velho, arrastar seu corpo e implantar as provas, mas acabou falhando, e, agora, por conta disso, todos estamos correndo risco.

- Não foi culpa minha.

- É a única forma, meu rapaz. – disse o deputado. Tentando consolar Darquibaldo.

- Tem que ter outro jeito.

- Não tem.

Darquibaldo aplicou alguns tapas em sua própria face e puxou os cabelos que ainda lhe restavam, com relativa força. Pousou a vista na janela e viu os seguranças do deputado, que aguardavam lá fora. Se viu em um beco sem saída, embora fosse difícil aceitar.

- Mas e minha família? Eu tenho esposa e filhos.

- Iremos cuidar de todos eles. Olha, rapaz – falou o deputado – se você fizer sua parte e contribuir conosco, lhe asseguro que sua família terá uma vida próspera e receberão um bom cheque mensal. Sua mulher terá uma boa casa e seu filho frequentará uma boa escola. Nunca mais enfrentarão qualquer dificuldade. Além do mais, você não passará muito tempo na prisão, pois providenciarei um arranjo com o governador. Entretanto, se não colaborar conosco, eu não poderei te proteger... Lembre-se que existem muitas pessoas poderosas por trás disso, algumas não tão simpáticas quanto eu.

Darquibaldo ouviu atentamente a cada palavra do deputado. O estilo de vida que escolhera levar era muito arriscado e incerto. Tinha dias que não havia o que comer e aquilo lhe partia o coração. Seus filhos, um de quatro e outro de seis anos, nunca tiveram a oportunidade de frequentar uma escola. Imaginar sua esposa vivendo bem e seus filhos frequentando boas escolas era uma ideia que lhe agradava. Um pouco de esperança e alento para seu coração tenebroso. Seria, sem dúvidas, seu ato mais altruísta e por algum motivo confiava nas palavras do deputado. De outra sorte, sabia que aquilo não era exatamente um pedido.

- Pois bem, vamos fazer isso. – disse, com certa relutância.

Uma garrafa de Uísque foi aberta e todos celebraram, a exceção de Darquibaldo, que se manteve introspectivo, sempre com o olhar em direção a janela.

CAPÍTULO 34

Manoel Alberôncio Leomar Miranda Clementino Furtado Oliveira da Silva Pereira, o vulgo Zé Doca, era um ariano definitivamente muito azarado. Não bastasse o nome ridículo e o seu semblante ridículo, ainda levara uma vida, na melhor das hipóteses, ridícula. Não é prazeroso narrar seus infortúnios e somente um escritor amador com muito tempo livre se arriscaria tanto. É possível que os seus correligionários se mantenham apegados ao jargão de que haverá sempre um final feliz, mas isso já foi discutido e superado.

A incerteza do porvir também assustava o rapaz. Sem o trabalho da fazenda, não haveria com o que se alimentar. A região era deveras pobre e apresentava os mais altos índices de desemprego do país que, aliados a outros dados desanimadores, nunca permitiram que o IDH da região fosse calculado com precisão. Aqui-Perto era uma cidade extremamente pobre divida em dois grupos: aqueles que sustentavam a prefeitura e aqueles sustentados por ela. Por isso, era uma cidade extremamente ruralista. O êxodo urbano povoou as fazendas. Até pouco tempo fora noticiados casos de trabalho escravo naquelas bandas. Embora hoje não se tenha mais tais relatos, a situação vivida pelos trabalhadores não é muito diferente daquele época nefasta, embora se tenha notícia de que a máscara de flandres, feita de aço laminado, que impediam que os escravos ingerissem bebidas alcoólicas e, com isso, reduzia a possibilidade destes cometerem crimes, ainda era usada em alguns fazendas da região.

Zé Doca estava deveras perdido. Havia um batalhão de coisas mundo a fora a sua disposição. Questionava se era egoísta e mesquinho de sua parte reclamar, mas acabou chegando à conclusão que não, já que nenhuma das coisas do mundo a fora estavam a sua disposição.

Como sabemos, Zé Doca, nasceu na cidade de Logo-em-Seguida, que fica quilômetros depois de Aqui – Perto, bem próxima do município de Daqui-Não-Passa, conhecida por suas crenças peculiares, pelas plantações de abóboras e por ter desenvolvido eficiente tratamento para hemorroidas. Talvez tivesse sido melhor a ele tentar a sorte em sua terra natal, a se aventurar em terras estrangeiras. Poderia ter sido tudo diferente, mas nunca saberemos.

Itamar Petrusco bem que o incentivava. Também natural de Logo-em-Seguida, faz questão de exaltar as qualidades do lugar e aqui essa frase deve ser compreendida como os dois únicos bares que tem na cidade.

Os dois passeavam timidamente pelas vielas vazias, sem destino aparente. Poucas palavras foram trocadas, o que deixava o caminho mais longo. Um cachorro sem raça definida, mas de dentes afiados atravessou o caminho do pobretão. Tentou chamar sua atenção mordendo seus tornozelos, mas não obteve resposta. Se sentindo impotente e desprezado, o cãozinho partiu em busca de alguém que lhe desse a atenção merecida, mas não antes de deixar uma marca segura no pé esquerdo do indivíduo.

Zé Doca refletia bastante sobre todos os acontecimentos desde a morte do Sr. Antunes. Viu sua vida de cabeça para baixo em poucos meses e quando a condenação já lhe parecia inadiável, Itamar Petrusco intercedeu, como um anjo enviado dos céus. Dizem que os anjos são democráticos e por isso até indivíduos desafortunados como Zé Doca possuem anjos da guarda e se isso for mesmo verdade devemos concordar que o sistema de seleção de anjos da guarda fora bastante sacana com o designado para acompanhar o pobretão azarado.

Seja qual for a origem da força que moveu Itamar, Zé Doca seria extremamente grato por aquilo, pelo resto da sua vida desgraçada. Faria qualquer coisa para retribuir o que lhe fizeram. Daí, uma epifania trouxe de volta as lembranças de sua avó. Seus olhos gotejaram.

- O que houve, Zé?

- Na-nada, não, sô. – disse, recuperando-se. – Olha, eu sou muito agradecido pelo que tu fez por mim, sô. Nem sei como te pagar.

- Que é isso, sô. Eu fiz o que você também teria feito por mim, se eu estivesse em seu lugar, não?

- Com certeza.

- Nunca vi tanta injustiça, rapaz.

- Pois é, e a sinhazinha... nunca pensei que ela fosse acreditar em mim, que fosse me ajudar, depois do que ela me disse na prisão.

- Pois é, Zé. Maria Clara ainda chora a morte do pai. Tá sendo difícil pra ela também, mas mesmo vivendo esse luto ela nunca desacreditou de você. Ela só precisava de provas, e por isso me ajudou muito. Sem ela, eu não teria conseguido revelar toda a trama.

- A sinhazinha é maravilhosa, né?

- Vixi, Zé. Deixe pra se apaixonar depois, sô. Ainda temos muita coisa pra colocar em ordem.

Os dois suspiraram.

- Mas e o prefeito, ocê acha mesmo que ele tem alguma coisa a ver com isso?

- Vixi, Zé. Tu num viu aquele monte de prova. E o pior, o tal do Darquibaldo, homi. Ele num confessou que foi contratado pra fazer o serviço?

- É... confessou...

- E então Zé. Tu acha que alguém ia confessar um crime desses sem ter feito nada só pra ferrar com outro?

- Sei não, Itamar, sei não...

- Oxi, homi, tu devia era parar de pensar nisso e seguir tua vida. Te preocupa não. A justiça já decidiu Zé. Olha, teu mal é fome, toma aqui, coma um pouco – disse ele, puxando um pedaço de pão seco do bolso da camisa e oferecendo ao amigo.

- Não quero, sô. Tô sem apetite.

Os dois caminhavam em passos sutis. O diálogo deixou Zé Doca introspectivo. Em seu caminho surgiu uma pedra – com o perdão da expressão –. O jovem encarou o objeto e aplicou-lhe um chute com toda a força que tinha, como se colocasse pra fora tudo que lhe atormentava. A pedra tintilou alguns metros a frente, sumindo pelo horizonte. De repente, uma luz surgiu, deixando o jovem abobalhado.

A luz distante, parecia ganhar forma. Zé Doca manteve os olhos fixos na luz, se aproximando lentamente, como se atraído por um imã.

- Zé? – Tá indo pra onde? – indagou Petrusco, que não enxergava a luz.

O rapaz não respondeu.

Ao se aproximar a luz perdeu brilho e então conseguiu identificar a forma. Era Dona Rita.

- Vó?

A forma fez um sinal e saiu mata adentro, com um sorriso que trouxe paz ao jovem. Zé Doca resolveu seguir a forma que agora reconhecia como o espectro de sua avó e Itamar Petrusco, mesmo sem ver espectro algum, seguiu o amigo.

O espectro de Dona Rita avançou mata adentro, seguida por ambos.

- Tá indo pra onde Zé? Tá doido?

Não havia resposta. Em parte porque o desafortunado sequer ouvia os questionamentos do amigo, mas, principalmente porque a imagem de sua avó ali lhe anestesiava o ser. Mesmo que fosse a última vez que a viria, ao menos teria a oportunidade de uma despedida, o que lhe foi tirado quando estava na prisão. Talvez sua avó estivesse tentando falar algo, com toda sua sabedoria. Não estava claro ainda do que se tratava, mas sabia que algo aconteceria e mudaria sua vida para sempre. O espectro avançou pelo matagal fechado e parou em frente a um tronco firme de uma árvore secular. Zé Doca se aproximou, encarando sua avó, que lhe retribuía um sorriso.

- Vó?

Não houve resposta.

- Me desculpa, vozinha, foi tudo culpa minha. – disse, soluçando.

O espectro apenas sorria. Zé Doca esticou os braços tentando tocar a forma, mas quando finalmente pareciam se tocar, a luz se apagou e o espectro sumiu.

O jovem caiu aos prantos. Itamar se aproximou, sem compreender o que havia se passado, e os dois se abraçaram por um longo período. Era um abraço piedoso.

De repente, atrás da árvore, surgiu um ruído. Depois outro ruído. Observaram discretamente. Eram dois carros.

O primeiro parou. Em seguida, o segundo parou em frente ao primeiro.

Um individuo desceu do primeiro veículo e abriu a porta para outro indivíduo. Uma mulher. Ana Cláudia, a primeira-dama e vice-prefeita da cidade.

Do outro carro, desceram três indivíduos. O deputado federal Wallace Santos Neto, o vereador Tilápia e...

- Da-Damásio Guedes? – indagou Itamar Petrusco, tomando cuidado para que sua presença não fosse notada. – O que esse pessoal faz aqui?

- Eu sei lá, sô – respondeu Zé Doca.

- Que lugar estranho pra um encontro. Uma estrada abandonada, sô. Vai entender esses rico...

- Zé Doca recuperou a consciência.

- Era isso.

- Era isso o quê, Zé?

- Era isso que minha vozinha queria me mostrar.

- Sua vozinha? Zé, sua vó tá morta, deixa de viajar, sô.

- Esquece, Itamar.

- Esse negócio tá estranho, melhor a gente dá o fora logo.

- Não, sô. Vamos ficar.

- Cê quer ouvir a conversa alheia, Zé. Que coisa, homi.

A rua abandonada era iluminada apenas pelos faróis dos carros. Ana Cláudia cumprimentou o irmão antes de trocar aperto de mão com os demais.

- Cavalheiros, o plano funcionou perfeitamente. Com Chico Perniz preso, poderemos assinar o projeto e garantir o empréstimo milionário.

- Pla-plano? – indagou Itamar, baixinho.

- Psiu! – fez Zé Doca. – Escuta homi.

Itamar Petrusco retirou do bolso da calça um objeto.

- E quanto ao Prefeito de Daqui-não-Passa? O deputado conseguiu o apoio?

- Claro, minha querida. Já está tudo em ordem, só faltava a assinatura do Chico ou, no caso, a sua...

- Bem – interveio Damásio Guedes -, com tudo em ordem finalmente receberemos esse dinheiro. A conta fantasma já foi criada. A empresa do deputado já está preparada para assumir a licitação. Em breve, minha irmãzinha, deputado e meu estimado amigo vereador Tilápia, estaremos todos nadando em dinheiro.

- A ocasião merece um brinde – falou o deputado, ordenando ao motorista que abrisse uma garrafa de champagne que estava no porta-malas.

Os copos tintilavam docemente, indicando a euforia dos presentes. Todos estavam extasiados. Sorrisos voavam pelas suas faces e atingiam o céu em cheio.

- Como foi fácil enganar esse povo. Vocês viram? – ironizou Ana Cláudia, gargalhando.

- É verdade que o plano inicial precisou de ajustes, não devemos esquecer, mas com a colaboração daquele caboclo... como era mesmo o nome dele? – perguntou o deputado.

- Darquibaldo.

- Isso, com a colaboração do Darquibaldo e com nossa perspicácia, tudo deu certo.

- Ah, ele não fez mais que a obrigação. Afinal de contas ele quem executou o serviço, nós só pedimos que ele fizesse. – completou Ana Cláudia e todos sorriram.

- Estamos ricos. Ricos – gritou Damásio Guedes, arremessando a garrafa de champagne de encontro a árvore. Os estilhaços de vidro se espalharam por todo o canto e o barulho assustou Zé Doca, que tombou para trás, fazendo bastante barulho.

- Um instante. Ouviram esse barulho? – perguntou o Deputado.

- Não foi o barulho da garrafa se quebrando, deputado? – perguntou Damásio Guedes.

- Não... eu ouvi também e não se parecia com o som de uma garrafa se quebrando.

Após a discussão sobre como era exatamente o som de uma garrafa se quebrando e suas variáveis, chegaram a conclusão de que, na verdade, ninguém tinha experiência suficiente no assunto, de modo que seria melhor averiguar.

- Tem alguém ai? – perguntou o Deputado, fazendo sinal ao motorista que lhe acompanhava.

- Eita diacho! Vamos ser descoberto. Valei meu Padin Padi Ciço. Tamo lascado. Vamos morrer.

- Psiu! Cala a boca, Zé. Fica quietinho que ninguém vai morrer aqui não.

- Oh, meu pai, pobre é bicho que sofre, escapei da cadeia pra morrer aqui no meio do nada. Armaria... – se lamentava Zé Doca, antes de Itamar Petrusco lhe tampar a boca com uma das mãos.

- Tem alguém aí? – questionou Ana Cláudia, enquanto retocava o decote.

O motorista do deputado, que, na verdade, alternava entre esta função e a de segurança, ou cumulava as duas a depender do momento, retirou uma pistola e apontou decididamente em direção ao barulho. Se aproximava com bastante cuidado. Um passo por vez.

Zé Doca estava certo, o que era bastante raro de ocorrer. A sua vida infeliz já tinha lhe dado tanta experiência que era fácil supor que, quando breves momentos de felicidade aconteciam significava dizer que, invariavelmente, coisas mais infelizes que as já vivida aconteceriam.

Tinha a perfeita compreensão que iria morrer, não como o herói destemido que descobriu o verdadeiro assassino do velho Bavariano, sabotando os planos de uma quadrilha de políticos influentes. Morreria como um completo desconhecido, totalmente ignorado pela imprensa e pela imensa parte da população, como foi, aliás, toda a sua miserável vida. Sabia que se morresse ali, o crime não iria sequer ser investigado. Diferente do caso do Sr. Antunes, que recebeu toda a atenção dos órgãos públicos, da impressa e de todos, a sua morte, com muita sorte renderia uma foto e nota de rodapé com a seguinte inscrição: "Indigente morre ao se aventurar em matagal desconhecido". Estava quase se acostumando com a ideia e começou a se questionar se, ao menos, sua doce e amável Maria Clara visitaria seu túmulo. Não custava se apegar a ideia. E depois, ainda tinha sua avó. Poderia se encontrar com ela e viver a eternidade – ou seja lá qual nome se dá no além – sem dor, sem sofrimento.

O individuo continuava se aproximando, com a arma em punho.

De repente, um vulto surgiu pelo matagal e avançou em Zé Doca, atingindo seu pé esquerdo com desdém. Zé Doca, espantado, arriscou gritar, mas foi contido por Itamar, que o segurava firme.

Era o mesmo cachorro de dente feroz e pelos amarronzados que conhecera há pouco. A julgar o seu semblante carente, era fácil perceber que não conseguiu fazer nenhuma amizade ou que, se as fez, estes se enfadaram da brincadeira de serem mordidos.

Atacou mais uma vez o pé do desafortunado.

- Sai, cachorro. Sai... – disse Itamar, fazendo alguns gestos que não foram bem compreendidos por seu interlocutor.

O animal continuava a morder Zé Doca. O ato consistia em morder, descansar os dentes, balançar a cabeça, recuar para pegar impulso e morder de novo.

Alguns gemidos foram ouvidos, embora incompreensíveis.

O motorista, que agora exercia a função de segurança, se aproximou da árvore. O dedo no guarda mato foi levado até o gatilho.

Itamar Petrusco tentava afastar o animal, a todo custo, sem sucesso. O segurança se aproximou o bastante. A tragédia era iminente. Uma ideia atingiu Itamar no mesmo instante em que os dentes do cão atingiram Zé Doca pela décima oitava vez. Levou a mão ao bolso e tirou um pedaço de pão, o mesmo que oferecera a Zé Doca e fora rejeitado.

- Aqui, cachorro, olha.

Conseguiu a atenção do cãozinho. Balançou o pedaço de pão e o animal acompanhava com a cabeça. A saliva escorria.

- Vai, pega! – disse baixinho, arremessando poucos metros a frente.

O cachorro surgiu e o individuo virou-se rapidamente. Quando percebeu que seu alvo era um animal doméstico, respirou aliviado.

- Meu Deus! Que susto! Era só um cachorro. – disse Ana Cláudia.

- Era só um cachorro. – falou o deputado, aliviado.

Todos sorriram.

Um último abraço ainda foi compartilhado antes de retornarem a seus veículos. Deram a partida, em sentidos diferente, mas com a promessa de que manteriam contato em breve e com a certeza de que tudo tinha saído conforme o planejado. Novos tempos estariam por vir. Para o povo da região, seriam tempos sombrios...

O animal não deu nenhuma atenção aos desconhecidos, visto que já mantinha os dentes ocupados, como gostava.

- Click! – fez o barulho do aparelho gravador segurado por Itamar Petrusco, ao ser desligado.

editoraletramento
editoraletramento.com.br
editoraletramento
company/grupoeditorialletramento
grupoletramento
contato@editoraletramento.com.br
editoraletramento

casadodireito
editoracasadodireito.com.br
casadodireitoed
casadodireito@editoraletramento.com.br